Madame Baptiste
et autres nouvelles

Dans la même collection

Lire en anglais
Thirteen Modern English and American Short Stories
Seven American Short Stories
Nine English Short Stories
A Long Spoon and Other Short Stories
Simple Arithmetic and Other American Short Stories
Roald Dahl : Someone Like You
Roald Dahl : The Hitch-Hiker
Somerset Maugham : The Escape
Somerset Maugham : The Flip of a Coin
F. Scott Fitzgerald : Pat Hobby and Orson Welles
Ray Bradbury : Kaleidoscope
Ray Bradbury : The Martian Chronicles
Ray Bradbury : A Story of love
Saki : The Seven Cream Jugs
John Steinbeck : The Snake
William Faulkner : Stories of New Orleans
Ernest Hemingway : The Killers
Ernest Hemingway : The Old Man and the Sea
Truman Capote : Breakfast at Tiffany's
Patricia Highsmith : Please Don't Shoot the Trees
Fred Uhlman : Reunion *(L'ami retrouvé)*
James Joyce : Dubliners

Lire en allemand
Moderne Erzählungen
Deutsche Kurzgeschichten
Zwanzig Kurzgeschichten des 20. Jahrhunderts
Geschichten von heute
Heinrich Böll : Der Lacher
Heinrich Böll : Die verlorene Ehre der Katharina Blum
Stefan Zweig : Schachnovelle
Rainer Maria Rilke : Briefe an einem jugen Dichter

Lire en espagnol
Cuentos del mundo hispánico
Cuentos selectos
Cuentos fantásticos de América
Cuentos de América. Destinos
Los cuentos vagabundos y otros de España
Jorge Luis Borges : La Intrusa y otros cuentos

Lire en italien
L'Avventura ed altre storie
Novelle italiane del nostro secolo
Italo Svevo : La novella del buon vecchio e della bella fanciulla

Lire en portugais
Contos contemporâneos (Portugal/Brasil)

Lire en français
Nouvelles françaises contemporaines
Guy de Maupassant : Pierrot et autres nouvelles

LIRE EN FRANÇAIS
Collection dirigée par Henri Yvinec

Guy de Maupassant

Madame Baptiste et autres nouvelles

Choix et annotations par Joël Amour
Professeur agrégé de lettres modernes

et Joan Amour
B.A. (Lond), Professeur agrégé d'anglais

Le Livre de Poche

Des mêmes auteurs, dans cette collection :

— Nouvelles françaises contemporaines
— Maupassant : Pierrot et autres nouvelles

La collection "Les Langues Modernes" n'a pas de lien avec l'A.P.L.V. et les ouvrages qu'elle publie le sont sous sa seule responsabilité.

© Librairie Générale Française, 1991, pour les présentations et les notes.

Sommaire

Introduction 7

Guy de Maupassant (1850-1893) 9
Madame Baptiste 13
Marroca 31
Le Voleur 59
Un vieux 75
Menuet 89
Le Pain maudit 103
Rosalie Prudent 121
Madame Parisse 133
Clochette 155
Le Diable 171

Vocabulaire 193

After a few years spent studying a foreign language, it is natural to want to discover its literature. The student's vocabulary, however, often proves inadequate and the constant use of a dictionary is irksome. This new collection is designed to remedy this state of affairs. It makes it possible to read alone, without a dictionary or a translation, thanks to notes situated immediately opposite the foreign text.

Abréviations

adj. *adjectif*
démonst. *démonstratif*
fam. *familier*
f. *féminin*
fig. *figuré*
fut. *futur*
infin. *infinitif*
interr. *interrogatif*
m. *masculin*
nég. *négatif*
p. *page*
part. *participe*
pers. *personnel*

pl. *pluriel*
poss. *possessif*
prép. *préposition*
prés. *présent*
pron. *pronom*
qqn *quelqu'un*
qqch *quelque chose*
rel. *relatif*
sb. *somebody*
sth. *something*
subj. *subjonctif*
$\neq$ *contraire, différent de*
$<$ *provenant de*

Tout naturellement, après quelques années d'étude d'une langue étrangère, naît l'envie de lire dans le texte. Mais, par ailleurs, le vocabulaire dont on dispose est souvent insuffisant. La perspective de recherches lexicales multipliées chez le lecteur isolé, la présentation fastidieuse du vocabulaire, pour le professeur, sont autant d'obstacles redoutables. C'est pour tenter de les aplanir que nous proposons cette nouvelle collection.

Celle-ci constitue une étape vers la lecture autonome, sans dictionnaire ni traduction, grâce à des notes facilement repérables. S'agissant des élèves de lycée, les ouvrages de cette collection seront un précieux instrument pédagogique pour les enseignants en langues étrangères puisque les recommandations pédagogiques officielles (Bulletin officiel de l'Éducation nationale du 9 juillet 1987 et du 9 juin 1988) les invitent à "faire de l'entraînement à la lecture individuelle une activité régulière" qui pourra aller jusqu'à une heure hebdomadaire. Ces recueils de textes devraient ainsi servir de complément à l'étude de la civilisation. Celle-ci sera également abordée dans des volumes consacrés aux presses étrangères.

Le lecteur trouvera donc :
En page de gauche
Des textes contemporains — nouvelles ou courts romans — choisis pour leur intérêt littéraire et la qualité de leur langue.

En page de droite
Des notes juxtalinéaires rédigées dans la langue du texte, qui aident le lecteur à

Comprendre
Tous les mots et expressions difficiles contenus dans la ligne de gauche sont reproduits en caractères gras et expliqués dans le contexte.

Observer
Des notes d'observation de la langue soulignent le caractère idiomatique de certaines tournures ou constructions.

Apprendre
Dans un but d'enrichissement lexical, certaines notes proposent enfin des synonymes, des antonymes, des expressions faisant appel aux mots qui figurent dans le texte.

Grammaire
Le lecteur trouvera, au moins pour les nouvelles courtes et sous des formes diverses selon les volumes, un rappel des structures rebelles les plus courantes — c'est-à-dire des tournures les plus difficilement assimilées par les francophones. Des chiffres de référence renverront au contexte et aux explications données dans les *Grammaires actives* (de l'anglais, de l'allemand, de l'espagnol, du portugais...) publiées au *Livre de Poche*.

Vocabulaire
En fin de volume une liste de plus de 2 000 mots contenus dans les textes, suivis de leur traduction, comporte, entre autres, les verbes irréguliers et les mots qui n'ont pas été annotés faute de place ou parce que leur sens était évident dans le contexte. Grâce à ce lexique on pourra, en dernier recours, procéder à quelques vérifications ou faire un bilan des mots retenus au cours des lectures.

Henri YVINEC

Guy de Maupassant (1850-1893)

Guy de Maupassant est né le 5 août 1850 près de Dieppe et mort à Paris en juillet 1893 dans la clinique du docteur Blanche, où il était entré dix-huit mois plus tôt, atteint d'une syphilis tertiaire et sachant qu'il n'en sortirait plus.

Il eut un frère cadet, Hervé, qui mourut en 1889 dans un hôpital psychiatrique. Sa mère était de haute bourgeoisie normande et une amie d'enfance de Flaubert. Son père vivait dans l'aisance, mais, alors que Guy avait neuf ans, il dut aller travailler dans une banque à Paris. Peu de temps après, ses parents se séparèrent.

Sa jeunesse s'écoule en Normandie entre Rouen, Fécamp et Étretat. Un an à Paris, puis à nouveau la Normandie et, d'octobre 1863 au printemps 1866, le pensionnat, qu'il supporte très mal, chez les prêtres, à Yvetot. Pendant les vacances, il exerce sa passion pour l'eau et les bateaux. Un été, il a l'occasion de sauver de la noyade le poète anglais Swinburne. Il finit ses études secondaires au lycée de Rouen, à nouveau comme pensionnaire, et vient à Paris faire des études de droit. Il est mobilisé pendant la guerre franco-prussienne, déclarée en juillet 1870, manque de peu d'être fait prisonnier et quitte l'armée avant la fin de 1871.

En 1872, il est attaché au ministère de la Marine, à la bibliothèque. Il pratique les sports où il excelle, canotage, voile, escrime, tir, fréquente une joyeuse bande d'amis et d'amies, commence à écrire sous la sévère férule de Flaubert. *La Main d'écorché* est en 1875 son premier conte publié. Il s'essaie au théâtre, sans trop de succès, à la poésie et à la critique. Il fait la connaissance d'écrivains importants comme Tourgueniev, Edmond de Goncourt, Zola, Mallarmé, Huysmans. En 1879, il passe de la Marine à l'Instruction publique et continue à publier de petites œuvres dans des revues ou à remanier ses pièces de théâtre.

En 1880 paraît le recueil collectif de nouvelles *Les Soirées de Médan*, considéré comme le manifeste de l'école naturaliste. Six écrivains, dont Zola et Huysmans, y participent, mais c'est le conte de Maupassant *Boule de suif* qui est reconnu comme le chef-d'œuvre. Quelques jours après cette publication, Flaubert meurt.

Maupassant va collaborer d'une manière régulière à deux journaux de l'époque, *Le Gaulois* et *Gil Blas*, où ses contes paraissent en feuilleton. Il publie son premier livre de nouvelles, *La Maison Tellier*, en 1881. Dans les dix années suivantes, tant que son état de santé le lui permettra, il ne cessera d'écrire et multipliera les voyages, en Algérie, en Corse, en Italie, en Provence, en Normandie, en Bretagne, en Sicile, en Angleterre, en Tunisie, en Suisse, sans compter de longues croisières en Méditerranée sur son bateau le *Bel-Ami*, des séjours dans plusieurs villes de cure et même un voyage en ballon. Au tout début de 1892, il tente de se trancher la gorge, puis est admis en clinique.

Maupassant ne s'est pas marié. Il avait refusé de devenir franc-maçon, d'être décoré de la Légion d'honneur et d'entrer à l'Académie française.

Son œuvre romanesque se répartit en six romans et plus de trois cents nouvelles pour la plupart très brèves. C'est pour ces dernières qu'il est le plus estimé, mais lui-même préférait ses romans. Il a écrit aussi de nombreux articles de journaux et trois volumes de récits de voyages.

Évidemment marqué par Flaubert, qui l'a initié aux lettres, et par le mouvement naturaliste, Maupassant n'a pas imité et s'est forgé sa propre manière. Il a vite exprimé ses réserves à l'égard d'un naturalisme dogmatique et peu ouvert à la poésie, tout en manifestant son mépris de l'écriture « artiste », prisée autour d'Edmond de Goncourt. La Préface de son roman *Pierre et Jean* (1884) développe ses idées sur l'art du romancier réaliste qui doit communiquer sa « vision personnelle du monde (...) plus probante que la réalité même », renoncer à « montrer la photographie banale de la vie » et « donner l'illusion complète du vrai ».

Les nouvelles de Maupassant sont habituellement groupées en trois grands cycles : les paysans normands, la société parisienne, les contes fantastiques.

Dans ce recueil de dix nouvelles, on verra que *Le Diable* est un exemple typique du premier, auquel appartient aussi *Le Pain maudit* ; que *Menuet* se rattache, dans une bonne mesure, au second ; que les autres peuvent se passer sous des cieux plus exotiques que la Normandie ou Paris ; et que surtout plusieurs thèmes habituels de son œuvre se recoupent dans un même récit.

Comme des reflets de la personnalité de Maupassant, vieux garçon qui appréciait les femmes, on a retenu ici deux histoires d'hommes, intercalées dans un groupement de huit histoires de femmes à la destinée singulière.

Œuvres de Maupassant
parues dans Le Livre de Poche

Nouvelles (recueils): *Boule de suif,* 1880 - *La Maison Tellier,* 1881 - *Mademoiselle Fifi,* 1882 - *Contes de la bécasse,* 1883 - *Miss Harriett,* 1884 - *Contes du jour et de la nuit,* 1885 - *La Petite Roque,* 1886 - *Le Horla,* 1887 - *Le Rosier de Mme Husson,* 1888.

Romans: *Une vie,* 1883 - *Bel-Ami,* 1885 - *Mont-Oriol,* 1887 - *Pierre et Jean,* 1888 - *Fort comme la mort,* 1889.

MADAME BAPTISTE

Maupassant se met en scène lui-même dans ce récit; il s'y présente comme un personnage qui se trouve, à un moment donné, n'avoir rien à faire pendant plus de deux heures, ni, ce qui pourrait décourager le lecteur, rien à raconter. Mais, peu à peu, le hasard fait qu'il va s'intéresser et nous intéresser à une histoire tragique; il nous la rapporte, dit-il, comme il l'a entendue, sans ajouter de commentaire.

Le silence de l'auteur condamne en réalité avec force l'aveuglement bête d'une société rigoriste et méchante. Le problème de ce que nous appellerions aujourd'hui la réinsertion d'une enfant traumatisée par un viol est posé dans toute sa dimension. Le paradoxe de l'innocence va trouver ici un développement complet : la victime au prénom inconnu ne parvient pas à être sauvée, même par l'amour héroïque et peut-être christique de son mari.

Madame Baptiste, publié six fois du vivant de Maupassant, fait partie du recueil *Mademoiselle Fifi* depuis 1883.

Quand j'entrai dans la salle des voyageurs de la gare de Loubain, mon premier regard fut pour l'horloge. J'avais à attendre deux heures dix minutes l'express de Paris.

Je me sentis las soudain comme après dix lieues à pieds ; puis je regardai autour de moi comme si j'allais découvrir sur les murs un moyen de tuer le temps ; puis je ressortis et m'arrêtai devant la porte de la gare, l'esprit travaillé par le désir d'inventer quelque chose à faire.

La rue, sorte de boulevard planté d'acacias maigres, entre deux rangs de maisons inégales et différentes, des maisons de petite ville, montait une sorte de colline ; et tout au bout on apercevait des arbres comme si un parc l'eût terminée.

De temps en temps un chat traversait la chaussée, enjambant les ruisseaux d'une manière délicate. Un roquet pressé sentait le pied de tous les arbres, cherchant des débris de cuisine. Je n'apercevais aucun homme.

Un morne découragement m'envahit. Que faire ? Que faire ? Je songeais déjà à l'interminable et inévitable séance dans le petit café du chemin de fer, devant un bock imbuvable et l'illisible journal du lieu, quand j'aperçus un convoi funèbre qui tournait une rue latérale pour s'engager dans celle où je me trouvais.

La vue du corbillard fut un soulagement pour moi. C'était au moins dix minutes de gagnées.

Mais soudain mon attention redoubla. Le mort n'était suivi que par huit messieurs dont un pleurait. Les autres causaient amicalement. Aucun prêtre n'accompagnait. Je pensai : « Voici un enterrement civil », puis je réfléchis qu'une ville comme Loubain devait contenir au moins

salle: hall □ **gare**: station
Loubain: nom fictif □ **regard** < regarder: voir □ **l'horloge donne l'heure** □ **avais à**: devais □ **attendre...**: patienter pendant
me sentis las: éprouvai de la lassitude □ **lieue(s), f.**: 4 km
autour de moi: de tous les côtés
la salle a 4 murs □ **moyen de**: solution pour □ **tuer**: (ici) faire passer □ **ressortis** ≠ rentrai □ **m'arrêtai**: restai immobile
l'esprit: le siège de la pensée □ **travaillé**: tourmenté

maigre(s): peu développé
rang(s), m.: ligne □ **inégal(es)**: qui n'a pas la même dimension
montait: allait vers le haut d' □ **colline**: petite montagne
tout au bout: à l'extrémité □ **apercevait**: voyait
l'eût terminée: eût formé le sommet de cette colline
traversait: passait d'un côté à l'autre □ **chaussée**: centre de la rue □ **enjambant**: sautant □ **ruisseau(x), m.**: écoulement d'eau
roquet: chien □ **pressé**: en hâte □ **sentait**: reniflait
cuisine, f.: nourriture préparée
morne: triste □ **découragement**: démoralisation □ **envahit**: pénétra □ **songeais**: pensais □ **déjà**: à partir de ce moment-là
séance, f.: période assise □ **chemin de fer**: (ici) gare
bock: verre de bière □ **imbuvable**: mauvais □ **du lieu**: local
convoi: procession □ **funèbre**: funéraire
s'engager: entrer □ **je me trouvais**: j'étais
vue: vision □ **corbillard**: véhicule d'un mort □ **soulagement**: consolation □ **gagné(es)**: obtenu (sur le temps d'attente)
redoubla: fut 2 fois plus grande
suivi: escorté □ **pleurait**: était en larmes
causaient: parlaient □ **prêtre**: représentant du clergé
enterrement: cérémonie de mise en terre □ **réfléchis** = pensai
au moins: au minimum

une centaine de libres penseurs qui se seraient fait un devoir de manifester. Alors quoi ? La marche rapide du convoi disait bien pourtant qu'on enterrait ce défunt-là sans cérémonie, et, par conséquent, sans religion.

Ma curiosité désœuvrée se jeta dans les hypothèses les plus compliquées ; mais, comme la voiture funèbre passait devant moi, une idée baroque me vint : c'était de suivre avec les huit messieurs. J'avais là une heure au moins d'occupation, et je me mis en marche, d'un air triste, derrière les autres.

Les deux derniers se retournèrent avec étonnement, puis se parlèrent bas. Ils se demandaient certainement si j'étais de la ville. Puis ils consultèrent les deux précédents, qui se mirent à leur tour à me dévisager. Cette attention investigatrice me gênait, et, pour y mettre fin, je m'approchai de mes voisins. Les ayant salués, je dis : « Je vous demande bien pardon, messieurs, si j'interromps votre conversation. Mais apercevant un enterrement civil, je me suis empressé de le suivre sans connaître, d'ailleurs, le mort que vous accompagnez. » Un des messieurs prononça : « C'est une morte. » Je fus surpris et je demandai : « Cependant c'est bien un enterrement civil, n'est-ce pas ? »

L'autre monsieur, qui désirait évidemment m'instruire, prit la parole : « Oui et non. Le clergé nous a refusé l'entrée de l'église. » Je poussai, cette fois, un « Ah ! » de stupéfaction. Je ne comprenais plus du tout.

Mon obligeant voisin me confia, à voix basse : « Oh ! c'est toute une histoire. Cette jeune femme s'est tuée, et voilà pourquoi on n'a pas pu la faire enterrer religieusement. C'est son mari que vous voyez là, le premier, celui qui pleure. »

libre penseur, m. : qqn qui refuse tout dogme □ **se seraient fait un devoir** : auraient estimé être obligés □ **marche** : progression
disait bien : démontrait □ **défunt** : mort

désœuvré(e) : inoccupé □ **se jeta** : se précipita
voiture : véhicule
baroque : singulière, bizarre
là : de cette manière
me mis en marche : commençai à marcher
triste ≠ gai □ **derrière** : après
dernier(s) : venant à la fin du cortège □ **étonnement** : surprise
bas : faiblement □ **se demandaient... si** : s'interrogeaient pour savoir si
à leur tour : eux aussi □ **dévisager** : regarder la face
gênait : embarrassait □ **y mettre fin** : la terminer
m'approchai : vins auprès □ **voisin(s)**, m. : qqn qui est à côté
salué(s) : honoré d'une salutation

empressé : hâté
d'ailleurs : de plus
prononça : dit
cependant : mais □ **c'est bien un...** : c'est réellement un...

instruire : informer
prit la parole : parla (à son tour)
église, f. : édifice religieux □ **poussai** : dis vite □ **cette fois** : maintenant
confia : fit une confidence □ **basse** : faible
s'est tuée : a commis un suicide

mari : époux d'une femme mariée

Alors, je prononçai, en hésitant : « Vous m'étonnez et vous m'intéressez beaucoup, monsieur. Serait-il indiscret de vous demander de me conter cette histoire ? Si je vous importune, mettez que je n'ai rien dit. »

Le monsieur me prit le bras familièrement : « Mais pas du tout, pas du tout. Tenez, restons un peu derrière. Je vais vous dire ça, c'est fort triste. Nous avons le temps, avant d'arriver au cimetière, dont vous voyez les arbres là-haut ; car la côte est rude. »

10   Et il commença :

★

Figurez-vous que cette jeune femme, Mme Paul Hamot, était la fille d'un riche commerçant du pays, M. Fontanelle. Elle eut, étant tout enfant, à l'âge de onze ans, une aventure terrible : un valet la souilla. Elle en faillit mourir, estropiée par ce misérable que sa brutalité dénonça. Un épouvantable procès eut lieu et 20 révéla que depuis trois mois la pauvre martyre était victime des honteuses pratiques de cette brute. L'homme fut condamné aux travaux forcés à perpétuité.

La petite fille grandit, marquée d'infamie, isolée, sans camarade, à peine embrassée par les grandes personnes qui auraient cru se tacher les lèvres en touchant son front.

Elle était devenue pour la ville une sorte de monstre, de phénomène. On disait tout bas : « Vous savez, la petite Fontanelle. » Dans la rue tout le monde se 30 retournait quand elle passait. On ne pouvait même pas trouver de bonnes pour la conduire à la promenade, les servantes des autres familles se tenant à l'écart comme si

étonnez : surprenez

conter : raconter
mettez : supposez, admettez
bras : membre supérieur du corps
tenez : mot sans signification (dans un dialogue) □ **restons** : prenons position □ **ça** = cela, l'histoire

côte : route qui monte (14. 13) □ **rude** : forte, accentuée

figurez-vous : imaginez-vous
commerçant : marchand □ **pays** : région

valet : domestique □ **souilla** : déshonora, viola
faillit : fut tout près de □ **estropié(e)** : mutilé
épouvantable : horrible □ **procès** (en justice) □ **eut lieu** : fut fait

honteuse(s) : humiliante, indigne
travaux forcés : châtiment légal, supprimé en 1942
grandit : devint grande
à peine : rarement □ **grande(s) personne(s)** : adulte
tacher : salir, polluer □ **les lèvres** sont les deux bords de la bouche □ **front** : le haut de la face, au-dessus des yeux

tout le monde : tous les gens
se retournait : regardait par-derrière
trouver : avoir □ **bonne(s)** : femme domestique
se tenant : restant □ **à l'écart** : à distance

une contagion se fût émanée de l'enfant pour s'étendre à tous ceux qui l'approchaient.

C'était pitié de voir cette pauvre petite sur le cours où vont jouer les mioches toutes les après-midi. Elle restait toute seule, debout près de sa domestique, regardant d'un air triste les autres gamins qui s'amusaient. Quelquefois, cédant à une irrésistible envie de se mêler aux enfants, elle s'avançait timidement, avec des gestes craintifs et entrait dans un groupe d'un pas furtif, comme consciente de son indignité. Et aussitôt, de tous les bancs, accouraient les mères, les bonnes, les tantes, qui saisissaient par la main les fillettes confiées à leur garde et les entraînaient brutalement. La petite Fontanelle demeurait isolée, éperdue, sans comprendre ; et elle se mettait à pleurer, le cœur crevant de chagrin. Puis elle courait se cacher la figure, en sanglotant, dans le tablier de sa bonne.

Elle grandit ; ce fut pis encore. On éloignait d'elle les jeunes filles comme d'une pestiférée. Songez donc que cette jeune personne n'avait plus rien à apprendre, rien ; qu'elle n'avait plus droit à la symbolique fleur d'oranger ; qu'elle avait pénétré, presque avant de savoir lire, le redoutable mystère que les mères laissent à peine deviner, en tremblant, le soir seulement du mariage.

Quand elle passait dans la rue, accompagnée de sa gouvernante, comme si on l'eût gardée à vue dans la crainte incessante de quelque nouvelle et terrible aventure, quand elle passait dans la rue, les yeux toujours baissés sous la honte mystérieuse qu'elle sentait peser sur elle, les autres jeunes filles, moins naïves qu'on ne pense, chuchotaient en la regardant sournoisement, ricanaient en dessous, et détournaient bien vite la tête d'un air

s'étendre: se propager

cours: avenue destinée à la promenade [*intended for*]
jouer: s'amuser □ **mioche(s), m., f.**: (fam.) jeune enfant
debout: sur ses pieds
gamin(s), m.: petit enfant
quelquefois: par moments □ **cédant** ≠ résistant □ **se mêler aux**: aller avec les □ **geste(s)**: mouvement
craintif(s): appréhensif □ **pas**: manière de marcher
conscient(e) de: connaissant bien □ **de**: venant de
banc(s): siège public □ **accouraient**: arrivaient vite ensemble
saisissaient: prenaient □ **confié(es) à leur garde**: mis sous leur protection □ **entraînaient**: emmenaient avec elles
demeurait: restait □ **éperdu(e)**: hagard
cœur: siège des sentiments □ **crevant**: se brisant
cacher: dissimuler □ **figure**: face □ **sanglotant**: pleurant avec des spasmes □ **tablier**: vêtement de travail
pis: plus atroce □ **éloignait**: tenait à distance
pestiféré(e): dangereusement contagieux

avait... droit à: pouvait porter légitimement
presque: pas tout à fait

deviner: comprendre par conjecture

gouvernante: femme chargée de l'éducation privée □ **gardé(e) à vue**: surveillé □ **crainte**: appréhension

baissé(s): regardant vers le bas □ **honte**: humiliation □ **peser**: exercer une pression
chuchotaient: se parlaient à l'oreille □ **sournois(ement)**: hypocrite □ **ricanaient en dessous**: cachaient leurs moqueries

distrait, si par hasard elle les fixait.

On la saluait à peine. Seuls, quelques hommes se découvraient. Les mères feignaient de ne pas l'avoir aperçue. Quelques petits voyous l'appelaient « madame Baptiste », du nom du valet qui l'avait outragée et perdue.

Personne ne connaissait les tortures secrètes de son âme ; car elle ne parlait guère et ne riait jamais. Ses parents eux-mêmes semblaient gênés devant elle, comme s'ils lui en eussent éternellement voulu de quelque faute irréparable.

Un honnête homme ne donnerait pas volontiers la main à un forçat libéré, n'est-ce pas, ce forçat fût-il son fils ? M. et Mme Fontanelle considéraient leur fille comme ils eussent fait d'un fils sortant du bagne.

Elle était jolie et pâle, grande, mince, distinguée. Elle m'aurait beaucoup plu, monsieur, sans cette affaire.

Or, quand nous avons eu un nouveau sous-préfet, voici maintenant dix-huit mois, il amena avec lui son secrétaire particulier, un drôle de garçon, qui avait mené la vie dans le quartier Latin, paraît-il.

Il vit Mlle Fontanelle et en devint amoureux. On lui dit tout. Il se contenta de répondre : « Bah, c'est justement là une garantie pour l'avenir. J'aime mieux que ce soit avant qu'après. Avec cette femme-là, je dormirai tranquille. »

Il fit sa cour, la demanda en mariage et l'épousa. Alors, ayant du toupet, il fit des visites de noce comme si de rien n'était. Quelques personnes les rendirent, d'autres s'abstinrent. Enfin, on commençait à oublier et elle prenait place dans le monde.

Il faut vous dire qu'elle adorait son mari comme un

distrait: absent ☐ **fixait**: regardait attentivement
se découvraient: levaient leur chapeau
feignaient: faisaient semblant
voyou(s): garçon mal élevé ☐ **appelaient**: disaient de loin
outragé(e): offensé vivement
perdu(e): ruiné moralement

âme: partie spirituelle de l'être ☐ **ne... guère**: peu ☐ **riait**: manifestait de l'amusement
en eussent... voulu de: eussent reproché (subj. plus-que-parfait)

volontiers: avec plaisir
forçat: homme condamné aux travaux forcés

ils eussent fait d' = ils eussent considéré ☐ **bagne**: prison des forçats ☐ **mince**: fin, léger
plu < plaire: charmer
or: un jour ☐ **sous-préfet**: chef d'une région administrative
voici = il y a ☐ **mois, m.**: 30 jours ☐ **amena**: fit venir
particulier: privé ☐ **drôle** ≠ ordinaire ☐ **mené la vie**: fait la fête
quartier Latin: quartier universitaire de Paris, près de la Sorbonne
répondre: répliquer ☐ **bah**: je ne suis pas d'accord
justement: précisément ☐ **avenir, m.**: futur

dormirai: me reposerai la nuit
fit sa cour: la courtisa officiellement ☐ **la demanda**: demanda sa main ☐ **toupet**: (fam.) effronterie ☐ **noce, f.**: mariage ☐ **comme si de rien n'était**: normalement ☐ **rendirent** leurs visites
s'abstinrent: ne firent rien ☐ **enfin**: finalement ☐ **oublier**: perdre le souvenir ☐ **monde**: bonne société

dieu. Songez qu'il lui avait rendu l'honneur, qu'il l'avait fait rentrer dans la loi commune, qu'il avait bravé, forcé l'opinion, affronté les outrages, accompli, en somme, un acte de courage que bien peu d'hommes accompliraient. Elle avait donc pour lui une passion exaltée et ombrageuse.

Elle devint enceinte, et, quand on apprit sa grossesse, les personnes les plus chatouilleuses lui ouvrirent leur porte, comme si elle eût été définitivement purifiée par la maternité. C'est drôle, mais c'est comme ça...

Tout allait donc pour le mieux, quand nous avons eu, l'autre jour, la fête patronale du pays. Le préfet, entouré de son état-major et des autorités, présidait le concours des orphéons, et il venait de prononcer son discours, lorsque commença la distribution des médailles que son secrétaire particulier, Paul Hamot, remettait à chaque titulaire.

Vous savez que dans ces affaires-là il y a toujours des jalousies et des rivalités qui font perdre la mesure aux gens.

Toutes les dames de la ville étaient là, sur l'estrade.

À son tour s'avança le chef de musique du bourg de Mormillon. Sa troupe n'avait qu'une médaille de deuxième classe. On ne peut pas en donner de première classe à tout le monde, n'est-ce pas ?

Quand le secrétaire particulier lui remit son emblème, voilà que cet homme le lui jette à la figure en criant : « Tu peux la garder pour Baptiste, ta médaille. Tu lui en dois même une de première classe aussi bien qu'à moi. »

Il y avait là un tas de peuple qui se mit à rire. Le peuple n'est pas charitable ni délicat, et tous les yeux se

rendu: redonné
loi: règle juridique, ordre légal
affronté les: fait face aux □ **en somme**: en résumé

donc: par conséquent
ombrageuse: qui la rendait impressionnable
enceinte: porteuse d'un enfant à naître □ **grossesse**: état d'une femme enceinte □ **chatouilleuse(s)**: scrupuleuse

drôle: bizarre
allait... pour le mieux: était très satisfaisant
patronal(e): du saint patron □ **entouré de**: accompagné par
état-major: groupe de ses assistants □ **concours**: compétition
orphéon(s), m.: société musicale ou chorale □ **venait de...**: avait juste fini de...
remettait: donnait officiellement
titulaire, m.: vainqueur

mesure: (ici) contrôle de soi
(les) gens: certaines personnes
estrade, f.: tribune, plate-forme
bourg: gros village
Mormillon: nom fictif

tout le monde = tous sans exception

voilà que: soudainement □ **jette**: lance violemment
tu lui en dois...: tu as une dette envers lui... (une médaille...)

un tas de: beaucoup de

sont tournés vers cette pauvre dame.

Oh, monsieur, avez-vous jamais vu une femme devenir folle ? — Non. — Eh bien, nous avons assisté à ce spectacle-là ! Elle se leva et retomba sur son siège trois fois de suite, comme si elle eût voulu se sauver et compris qu'elle ne pourrait traverser toute cette foule qui l'entourait.

Une voix, quelque part, dans le public, cria encore : « Ohé, madame Baptiste ! » Alors une grande rumeur eut
10 lieu, faite de gaietés et d'indignations.

C'était une houle, un tumulte ; toutes les têtes remuaient. On se répétait le mot ; on se haussait pour voir la figure que faisait cette malheureuse ; des maris enlevaient leurs femmes dans leurs bras afin de la leur montrer ; des gens demandaient : « Laquelle, celle en bleu ? » Les gamins poussaient des cris de coq ; de grands rires éclataient de place en place.

Elle ne remuait plus, éperdue, sur son fauteuil d'apparat, comme si elle eût été placée en montre pour
20 l'assemblée. Elle ne pouvait ni disparaître, ni bouger, ni dissimuler son visage. Ses paupières clignotaient précipitamment comme si une grande lumière lui eût brûlé les yeux ; et elle soufflait à la façon d'un cheval qui monte une côte.

Ça fendait le cœur de la voir.

M. Hamot avait saisi à la gorge ce grossier personnage, et ils se roulaient par terre au milieu d'un tumulte effroyable.

La cérémonie fut interrompue.
30 Une heure après, au moment où les Hamot rentraient chez eux, la jeune femme, qui n'avait pas prononcé un seul mot depuis l'insulte, mais qui tremblait comme si

devenir folle: perdre la raison
avons assisté: avons été présents
se leva: se mit debout □ **retomba**: se rassit lourdement
se sauver: partir très vite
foule: multitude de gens
l'entourait: était tout autour d'elle
quelque part: à une place indéterminée
rumeur: murmure
fait(e) de: composé de
houle: agitation continue de la mer
remuaient ≠ restaient immobiles □ **se haussait**: se mettait sur la pointe des pieds □ **la figure que faisait**: la contenance qu'avait
enlevaient: prenaient
montrer: faire voir
poussaient des cris de: criaient comme un
éclataient: explosaient
fauteuil: siège avec des supports pour les bras
apparat, m.: pompe, cérémonie □ **en montre**: en exhibition
bouger: se déplacer, faire un geste
les **paupières** protègent l'œil □ **clignotaient**: se fermaient et s'ouvraient □ **lumière** ≠ obscurité □ **brûlé**: flambé
soufflait: respirait fortement

fendait: brisait, faisait craquer
gorge: le devant du cou □ **grossier**: impoli, brutal
se roulaient: se battaient en roulant □ **par terre**: sur le sol
effroyable: terrifiant

mot: parole

tous ses nerfs eussent été mis en danse par un ressort, enjamba tout à coup le parapet du pont sans que son mari ait eu le temps de la retenir, et se jeta dans la rivière.

L'eau est profonde sous les arches. On fut deux heures avant de parvenir à la repêcher. Elle était morte, naturellement.

★

Le conteur se tut. Puis il ajouta : « C'est peut-être ce qu'elle avait de mieux à faire dans sa position. Il y a des choses qu'on n'efface pas.

« Vous saisissez maintenant pourquoi le clergé a refusé la porte de l'église. Oh ! si l'enterrement avait été religieux toute la ville serait venue. Mais vous comprenez que le suicide s'ajoutant à l'autre histoire, les familles se sont abstenues ; et puis, il est bien difficile, ici, de suivre un enterrement sans prêtres. »

Nous franchissions la porte du cimetière. Et j'attendis, très ému, qu'on eût descendu la bière dans la fosse pour m'approcher du pauvre garçon qui sanglotait et lui serrer énergiquement la main.

Il me regarda avec surprise à travers ses larmes, puis prononça : « Merci, monsieur. » Et je ne regrettai pas d'avoir suivi ce convoi.

ressort : pièce métallique qui a une force élastique
pont : construction au-dessus d'une rivière
retenir : empêcher de tomber

on fut : il fallut passer
parvenir : réussir □ **repêcher :** sortir de l'eau

conteur : narrateur □ **se tut :** s'arrêta de parler □ **ajouta :** dit en plus

saisissez : comprenez

s'ajoutant à : venant en plus de □ **se sont abstenues :** n'ont pas voulu venir (22. 30)

franchissions : passions
ému : touché □ **fosse :** trou creusé pour une tombe

serrer : prendre
larme(s), f. : liquide qui coule des yeux

Grammaire au fil des nouvelles

Remplissez les blancs avec le mot ou la forme grammaticale qui se trouve dans le texte (le premier chiffre renvoie à la page, le second à la ligne) :

J'aperçus un convoi funèbre ... tournait une rue latérale pour s'engager dans ... où je me trouvais (pron. rel., pron. démonst., 14. 24).

Le mort n'était suivi que par huit messieurs ... un pleurait (pron. rel., 14. 28).

C'est son mari ... vous voyez là, le premier, ... qui pleure (pron. rel., pron. démonst., 16. 31).

Un procès révéla que depuis trois mois la pauvre martyre ... victime de cette brute (être, 18. 19).

Quelquefois, elle ... timidement et ... dans un groupe d'un pas furtif (s'avancer, entrer, 20. 7).

Les autres jeunes filles, moins naïves qu'on ne pense, ... en la regardant sournoisement (se parlaient à l'oreille, 20. 30).

Quelques petits voyous l'appelaient « madame Baptiste », du nom du valet qui l'avait ... et ... (outrager, perdre, 22. 4).

Ses parents ... semblaient gênés devant elle (pron. pers. d'insistance, 22. 8).

J'aime mieux que ce ... avant qu'après (être, 22. 24).

Alors, ayant du ..., il fit des visites de noce (effronterie, 22. 28).

Le préfet ... de prononcer son discours (avait juste fini de, 24. 14).

Sa troupe n'avait qu'une médaille de deuxième classe. On ne peut pas ... donner de première classe à tout le monde (= de ces médailles, 24. 23).

Le conteur ... . Puis il ajouta (se taire, 28. 11).

Si l'enterrement avait été religieux, toute la ville ... (venir, 28. 15).

J'attendis, très ému, qu'on ... la bière dans la fosse pour m'approcher du pauvre garçon (descendre, 28. 20).

MARROCA

En juillet et août 1881, Maupassant se rend en Algérie pour la première fois ; il en rapporte un certain nombre de chroniques pour le journal *Le Gaulois* et une source d'inspiration pour ses contes.

L'exotisme oriental est à la mode depuis très longtemps, lorsqu'il fait paraître cette nouvelle quelques mois plus tard. Son périple colonial se limite à l'Afrique du Nord, mais il ajoute à une abondante veine artistique et littéraire sa touche personnelle, tout en essayant de varier son registre. Aucune ombre de pessimisme ne transparaît dans *Marroca*, même si l'histoire, teintée de fantasmes cruels, aurait pu virer à la tragédie. Mieux vaut en rire, comme le fait l'héroïne sans doute un peu perverse.

Maupassant développe donc une situation chaude, où « l'autre amour, celui des sens », doit expliquer et faire mieux connaître un pays excitant. Grâce à la fiction d'une lettre qu'il reçoit d'un ami à la recherche d'aventures féminines, le nouvelliste pousse plus loin que de coutume à son époque la liberté de la description.

Marroca est un des sept contes de la première édition de *Mademoiselle Fifi* (1881).

Mon ami, tu m'as demandé de t'envoyer mes impressions, mes aventures, et surtout mes histoires d'amour sur cette terre d'Afrique qui m'attirait depuis si longtemps. Tu riais beaucoup, d'avance, de mes tendresses noires, comme tu disais ; et tu me voyais déjà revenir suivi d'une grande femme en ébène coiffée d'un foulard jaune, et ballottante en des vêtements éclatants.

Le tour des Mauricaudes viendra sans doute, car j'en ai vu déjà plusieurs qui m'ont donné quelque envie de me tremper en cette encre ; mais je suis tombé pour mon début sur quelque chose de mieux et de singulièrement original.

Tu m'as écrit, dans ta dernière lettre :

« Quand je sais comment on aime dans un pays, je connais ce pays à le décrire, bien que ne l'ayant jamais vu. » Sache qu'ici on aime furieusement. On sent, dès les premiers jours, une sorte d'ardeur frémissante, un soulèvement, une brusque tension des désirs, un énervement courant au bout des doigts, qui surexcitent à les exaspérer nos puissances amoureuses et toutes nos facultés de sensation physique, depuis le simple contact des mains jusqu'à cet innommable besoin qui nous fait commettre tant de sottises.

Entendons-nous bien. Je ne sais si ce que vous appelez l'amour du cœur, l'amour des âmes, si l'idéalisme sentimental, le platonisme enfin, peut exister sous ce ciel ; j'en doute même. Mais l'autre amour, celui des sens, qui a du bon, et beaucoup de bon, est véritablement terrible en ce climat. La chaleur, cette constante brûlure de l'air qui vous enfièvre, ces souffles suffocants du Sud, ces marées de feu venues du grand désert si

demandé: prié □ **envoyer**: adresser par lettre
histoire(s), f.: anecdote
m'attirait: exerçait une attraction sur moi
riais: t'amusais □ **tendresse(s)**: amour
déjà: à partir de ce moment-là
suivi: accompagné □ **ébène**, f.: bois noir □ **coiffé(e)**: ayant sur la tête □ **foulard**: turban □ **ballottant(e)**: se balançant □
vêtement(s): habit □ **éclatant(s)**: très coloré
Mauricaud(e): qqn de visage très brun (fam.) □ **sans doute**: probablement □ **plusieurs**: un certain nombre □ **envie**: désir
tremper: mettre dans un liquide, plonger □ **encre**: liquide noir pour écrire □ **suis tombé... sur**: ai découvert par chance

comment: de quelle manière □ l'Algérie est un **pays**
à: assez bien pour □ **bien que...**: en dépit du fait que je ne l'ai... □ **sache** < savoir, impératif □ **sent**: a □ **dès les**: aux
frémissant(e): bouillant, agité
soulèvement: impulsion □ **énervement**: impatience
courant: descendant vite □ **bout**: extrémité □ la main a 5 doigts □ **puissance(s)**: force
depuis le... jusqu'à: en commençant au... pour finir à
innommable: qu'on ne peut pas nommer □ **besoin**: désir
tant: un si grand nombre □ **sottise(s)**, f.: stupidité
entendons-nous: soyons d'accord
cœur: siège des sentiments □ **âme(s)**, f.: partie spirituelle de l'homme □ **sous ce ciel** = sur cette terre

chaleur: température chaude
brûlure: sensation de feu □ **enfièvre**: excite □ **souffle(s)**: vent
marée(s), f.: mer qui monte ou descend □ **feu**, m.: flamme

proche, ce lourd siroco, plus ravageant, plus desséchant que la flamme, ce perpétuel incendie d'un continent tout entier brûlé jusqu'aux pierres par un énorme et dévorant soleil, embrasent le sang, affolent la chair, embestialisent.

Mais j'arrive à mon histoire. Je ne te dis rien de mes premiers temps de séjour en Algérie. Après avoir visité Bône, Constantine, Biskra et Sétif, je suis venu à Bougie par les gorges du Chabet, et une incomparable route au milieu des forêts kabyles, qui suit la mer en la dominant de deux cents mètres, et serpente selon les festons de la haute montagne, jusqu'à ce merveilleux golfe de Bougie aussi beau que celui de Naples, que celui d'Ajaccio et que celui de Douarnenez, les plus admirables que je connaisse. J'excepte dans ma comparaison cette invraisemblable baie de Porto, ceinte de granit rouge, et habitée par les fantastiques et sanglants géants de pierre qu'on appelle les « Calanche » de Piana, sur les côtes ouest de la Corse.

De loin, de très loin, avant de contourner le grand bassin où dort l'eau pacifique, on aperçoit Bougie. Elle est bâtie sur les flancs rapides d'un mont très élevé et couronnée par des bois. C'est une tache blanche dans cette pente verte ; on dirait l'écume d'une cascade tombant à la mer.

Dès que j'eus mis le pied dans cette toute petite et ravissante ville, je compris que j'allais y rester longtemps. De partout l'œil embrasse un véritable cercle de sommets crochus, dentelés, cornus et bizarres, tellement fermé qu'on découvre à peine la pleine mer, et que le golfe a l'air d'un lac. L'eau bleue, d'un bleu laiteux, est d'une transparence admirable ; et le ciel d'azur, d'un

proche ≠ distant □ **desséchant** : qui rend sec
incendie : grand feu (un incendie de forêt)
brûlé : consumé □ **jusqu'aux** : y compris les □ **pierre(s)**, f. : roc
embrasent : enflamment □ **affolent** : rendent folle □ **la chair** : le
corps □ **embestialisent** : rendent comme des bêtes

séjour, m. : résidence
Bône, Bougie (lieu du récit) : aujourd'hui Annaba, Bejaia
gorges, f. pl. : défilé, canyon
kabyle(s) : de la région berbère □ **suit** : va le long de
selon : en conformité avec □ **feston(s)** : contour onduleux

Douarnenez : port de Bretagne, au sud de Brest

invraisemblable : fantastique □ **ceint(e)** : entouré
sanglant(s) : de la couleur rouge du sang

Ce paragraphe, l. 7 à 19, est autobiographique.
contourner : faire le tour du
dort < dormir, rester tranquille □ **aperçoit** : voit (de loin)
bâti(e) : construit □ **rapide(s)** : abrupt □ **élevé** : haut
couronné(e) : dominé □ **bois**, m. : forêt □ **tache** : marque colorée
pente : déclivité □ la bière fait de **l'écume**
tombant : se précipitant
eus mis < mettre, passé antérieur
ravissant(e) : charmant
partout : tous côtés □ **véritable** : réel
crochu(s) : recourbé □ **dentelé(s)** : découpé □ **cornu(s)** : anguleux
à peine : presque pas □ **la pleine mer** : la mer à distance
a l'air d' : est comparable à □ **laiteux** : couleur du lait
ciel : espace bleu au-dessus de la terre

azur épais, comme s'il avait reçu deux couches de couleur, étale au-dessus sa surprenante beauté. Ils semblent se mirer l'un dans l'autre et se renvoyer leurs reflets.

Bougie est la ville des ruines. Sur le quai, en arrivant, on rencontre un débris si magnifique, qu'on le dirait d'opéra. C'est la vieille porte Sarrasine, envahie de lierre. Et dans les bois montueux autour de la cité, partout des ruines, des pans de murailles romaines, des morceaux de monuments sarrasins, des restes de constructions arabes.

J'avais loué dans la ville haute une petite maison mauresque. Tu connais ces demeures si souvent décrites. Elles ne possèdent point de fenêtres en dehors ; mais une cour intérieure les éclaire du haut en bas. Elles ont, au premier, une grande salle fraîche où l'on passe les jours, et tout en haut une terrasse où l'on passe les nuits.

Je me mis tout de suite aux coutumes des pays chauds, c'est-à-dire à faire la sieste après mon déjeuner. C'est l'heure étouffante d'Afrique, l'heure où l'on ne respire plus, l'heure où les rues, les plaines, les longues routes aveuglantes sont désertes, où tout le monde dort, essaye au moins de dormir, avec aussi peu de vêtements que possible.

J'avais installé dans ma salle à colonnettes d'architecture arabe un grand divan moelleux, couvert de tapis du Djebel-Amour. Je m'étendais là-dessus à peu près dans le costume d'Assan, mais je n'y pouvais guère reposer, torturé par ma continence.

Oh ! mon ami, il est deux supplices de cette terre que je ne te souhaite pas de connaître : le manque d'eau et le manque de femmes. Lequel est le plus affreux ? Je ne

épais: dense □ **reçu 2 couches de couleur**: été peint 2 fois
étale: montre, expose sur une vaste étendue
semblent: paraissent □ **mirer**: refléter □ **renvoyer**: rendre
reflet(s), m.: image produite par réflexion

rencontre: se trouve devant □ **débris**: ruine
porte de la ville □ **envahi(e)**: couvert □ **lierre**, m.: plante grimpante □ **montueux**: très en pente
pan(s), m.: morceau vertical □ **morceau**: fragment □ **muraille(s)**: fortification

loué: payé pour utilisation temporaire
demeure(s): habitation □ **souvent**: fréquemment
fenêtre(s), f.: ouverture pour l'air et la lumière □ **en dehors**: à l'extérieur □ **cour**: patio □ **éclaire**: illumine
salle: pièce vaste □ **fraîche** < frais: plus froid

me mis...: m'habituai □ **tout de suite**: vite □ **coutume(s)**, f.: habitude □ **déjeuner**: repas de midi
étouffant(e): suffocant

aveuglant(es): qui empêche de voir □ **dort**: se repose sur un lit les yeux fermés □ **essaye**: s'efforce

colonnette(s), f.: petite colonne
moelleux: doux et élastique □ **tapis**, m.: carpette
djebel = montagne en arabe □ **étendais**: allongeais □ **à peu près**: presque □ **dans... d'Assan** (héros de Musset) = nu □ **n'...**
guère: pas beaucoup
supplice(s), m.: torture
ne te souhaite...: désire que tu ne connaisses pas □ **manque**: privation □ **affreux**: horrible

sais. Dans le désert, on commettrait toutes les infamies pour un verre d'eau claire et froide. Que ne ferait-on pas en certaines villes du littoral pour une belle fille fraîche et saine? Car elles ne manquent pas, les filles, en Afrique! Elles foisonnent, au contraire; mais, pour continuer ma comparaison, elles y sont toutes aussi malfaisantes et pourries que le liquide fangeux des puits sahariens.

Or, voici qu'un jour, plus énervé que de coutume, je 10 tentai, mais en vain, de fermer les yeux. Mes jambes vibraient comme piquées en dedans; une angoisse inquiète me retournait à tout moment sur mes tapis. Enfin, n'y tenant plus, je me levai et je sortis.

C'était en juillet, par une après-midi torride. Les pavés des rues étaient chauds à cuire du pain; la chemise, tout de suite trempée, collait au corps; et, par tout l'horizon, flottait une petite vapeur blanche, cette buée ardente du siroco, qui semble de la chaleur palpable.

Je descendis près de la mer; et, contournant le port, je 20 me mis à suivre la berge le long de la jolie baie où sont les bains. La montagne escarpée, couverte de taillis, de hautes plantes aromatiques aux senteurs puissantes, s'arrondit en cercle autour de cette crique où trempent, tout le long du bord, de gros rochers bruns.

Personne dehors; rien ne remuait; pas un cri de bête, un vol d'oiseau, pas un bruit, pas même un clapotement, tant la mer immobile paraissait engourdie sous le soleil. Mais dans l'air cuisant, je croyais saisir une sorte de bourdonnement de feu.

30 Soudain, derrière une de ces roches à demi noyées dans l'onde silencieuse, je devinai un léger mouvement; et, m'étant retourné, j'aperçus, prenant son bain, se

fraîche : pleine de vitalité
sain(e) ≠ malade □ **ne manquent pas** : sont nombreuses
foisonnent : sont en abondance

malfaisant(es) : méchant □ **pourri(es)** : malsain □ **fangeux** : plein de terre □ **puits** : source d'eau potable en profondeur
or, voici qu'... : c'est le début de l'anecdote □ **énervé** : excité
tentai : essayai □ **jambe(s), f.** : membre inférieur
piqué(es) : percé d'une pointe □ **en dedans** : à l'intérieur
inquiète ≠ calme □ **retournait** : faisait tourner complètement
n'y tenant plus : ne pouvant plus résister □ **me levai** : me mis debout □ **pavé(s), m.** : pierre qui couvre le sol d'une rue
cuire : chauffer (un aliment) □ **chemise** : vêtement léger
trempé(e) : très humide □ **collait** : adhérait
buée : condensation

berge : bord de l'eau
les bains : la plage □ **escarpé(e)** : incliné □ **taillis, m.** : bois de petits arbres □ **senteur(s)** : odeur □ **puissant(es)** : fort
s'arrondit : s'incurve □ **crique** : petite baie
rocher(s) : masse de pierre, roc
remuait : était mobile
vol : passage dans le ciel □ **bruit** : son □ **clapotement** : bruit de l'eau □ **paraissait** : semblait □ **engourdi(e)** : sans vie
saisir : (ici) entendre
bourdonnement : bruit indistinct et continu (d'un insecte)
derrière ≠ devant □ **roche(s)** = rocher □ **noyé(es)** : sous l'eau
onde : (poétique) eau □ **devinai** : crus percevoir □ **léger** : faible
prenant son bain : plongé(e) dans la mer

croyant bien seule à cette heure brûlante, une grande fille nue, enfoncée jusqu'aux seins. Elle tournait la tête vers la pleine mer, et sautillait doucement sans me voir.

Rien de plus étonnant que ce tableau : cette belle femme dans cette eau transparente comme un verre, sous cette lumière aveuglante. Car elle était belle merveilleusement, cette femme, grande, modelée en statue.

10 Elle se retourna, poussa un cri, et, moitié nageant, moitié marchant, se cacha tout à fait derrière sa roche.

Comme il fallait bien qu'elle sortît, je m'assis sur la berge et j'attendis. Alors elle montra tout doucement sa tête surchargée de cheveux noirs liés à la diable. Sa bouche était large, aux lèvres retroussées comme des bourrelets, ses yeux énormes, effrontés, et toute sa chair un peu brunie par le climat semblait une chair d'ivoire ancien, pure et douce, de belle race, teintée par le soleil
20 des nègres.

Elle me cria : « Allez-vous-en. » Et sa voix pleine, un peu forte comme toute sa personne, avait un accent guttural. Je ne bougeai point. Elle ajouta : « Ça n'est pas bien de rester là, monsieur. » Les *r*, dans sa bouche, roulaient comme des chariots. Je ne remuai pas davantage. La tête disparut.

Dix minutes s'écoulèrent ; et les cheveux, puis le front, puis les yeux se remontrèrent avec lenteur et prudence, comme font les enfants qui jouent à cache-cache pour
30 observer celui qui les cherche.

Cette fois, elle eut l'air furieux ; elle cria : « Vous allez me faire attraper mal. Je ne partirai pas tant que vous

brûlant(e) : torride
enfoncé(e) : entré dans (l'eau) ☐ **sein(s)** : poitrine
sautillait : faisait de petits sauts ☐ **doucement** ≠ vivement

étonnant : surprenant ☐ **tableau** : scène

se retourna : regarda derrière ☐ **moitié** : en partie ☐ **nageant** : se déplaçant en flottant ☐ **cacha** : dissimula ☐ **tout à fait** : complètement
m'assis : m'installai
attendis : patientai ☐ **montra** : fit voir
cheveu(x) : poil long ☐ **lié(s)** : attaché ☐ **à la diable** : très mal
la **bouche** a pour bords les 2 **lèvres** ☐ **retroussé(es)** : relevé
bourrelet(s), m. : ornement protubérant ☐ **effronté(s)** : impudent
bruni(e) : devenu brun
teinté(e) : colorié

allez-vous-en : partez !

bougeai : fis un geste ☐ **ajouta** : dit encore ☐ **ça n'est pas bien** : ce n'est pas honnête
roulaient : vibraient
davantage : plus
s'écoulèrent : passèrent ☐ **front** : le haut de la face
lenteur, f. ≠ rapidité
jouent : s'amusent ☐ **cache-cache** : jeu de petits enfants
cherche : essaye de retrouver
cette fois : à présent ☐ **eut l'air** : parut
attraper mal : prendre froid ☐ **tant que** : aussi longtemps que

serez là. » Alors je me levai et m'en allai, non sans me retourner souvent. Quand elle me jugea assez loin, elle sortit de l'eau à demi courbée, me tournant ses reins ; et elle disparut dans un creux du roc, derrière une jupe suspendue à l'entrée.

Je revins le lendemain. Elle était encore au bain, mais vêtue d'un costume entier. Elle se mit à rire en me montrant ses dents luisantes.

Huit jours après, nous étions amis. Huit jours de plus, et nous le devenions encore davantage.

Elle s'appelait Marroca, d'un surnom sans doute, et prononçait ce mot comme s'il eût contenu quinze *r*. Fille de colons espagnols, elle avait épousé un Français nommé Pontabèze. Son mari était employé de l'État. Je n'ai jamais su bien au juste quelles fonctions il remplissait. Je constatai qu'il était fort occupé, et je n'en demandai pas plus long.

Alors, changeant l'heure de son bain, elle vint chaque jour après mon déjeuner faire la sieste en ma maison. Quelle sieste ! Si c'est là se reposer !

C'était vraiment une admirable fille, d'un type un peu bestial, mais superbe. Ses yeux semblaient toujours luisants de passion ; sa bouche entrouverte, ses dents pointues, son sourire même avaient quelque chose de férocement sensuel ; et ses seins étranges, allongés et droits, aigus, comme des poires de chair, élastiques comme s'ils eussent renfermé des ressorts d'acier, donnaient à son corps quelque chose d'animal, faisaient d'elle une sorte d'être inférieur et magnifique, de créature destinée à l'amour désordonné, éveillaient en moi l'idée des obscènes divinités antiques dont les tendresses libres s'étalaient au milieu des herbes et des

loin ≠ près
courbé(e) : baissé ☐ **reins,** m. pl. : (ici) le bas du dos
creux : cavité ☐ **jupe** : vêtement de femme

le lendemain : le jour suivant
vêtu(e) : habillé
l'homme a 32 **dents** ☐ **luisant(es)** : brillant

d' : venant de ☐ **surnom** : nom donné par des amis ☐ **sans doute** : probablement
colon(s) : qqn qui colonise un pays

au juste : exactement
remplissait : occupait ☐ **constatai** : remarquai ☐ **n'en demandai pas plus long** : ne voulus pas en savoir davantage

si c'est là...! : mais ce n'est pas une manière de...!
vraiment : effectivement

entrouvert(e) : un peu ouvert
sourire : mouvement léger des lèvres pour marquer l'amusement
allongé(s) : long
aigu(s) : pointu
renfermé : contenu ☐ **ressort(s),** m. : pièce métallique ☐ **acier,** m. : alliage du fer
être : créature
désordonné : déréglé ☐ **éveillaient** : faisaient venir

libre(s) : immoral ☐ **s'étalaient** : s'exposaient ☐ **des herbes**

feuilles.

Et jamais femme ne porta dans ses flancs de plus inapaisables désirs. Ses ardeurs acharnées et ses hurlantes étreintes, avec des grincements de dents, des convulsions et des morsures, étaient suivies presque aussitôt d'assoupissements profonds comme une mort. Mais elle se réveillait brusquement en mes bras, toute prête à des enlacements nouveaux, la gorge gonflée de baisers.

10   Son esprit, d'ailleurs, était simple comme deux et deux font quatre, et un rire sonore lui tenait lieu de pensée.

Fière par instinct de sa beauté, elle avait en horreur les voiles les plus légers ; et elle circulait, courait, gambadait dans ma maison avec une impudeur inconsciente et hardie. Quand elle était enfin repue d'amour, épuisée de cris et de mouvement, elle dormait à mes côtés sur le divan, d'un sommeil fort et paisible ; tandis que l'accablante chaleur faisait pointer sur sa peau de minuscules gouttes de sueur, dégageait d'elle, de ses bras
20   relevés sous sa tête, de tous ses replis secrets, cette odeur fauve qui plaît aux mâles.

Quelquefois elle revenait le soir, son mari étant de service je ne sais où. Nous nous étendions alors sur la terrasse, à peine enveloppés en de fins et flottants tissus d'Orient.

Quand la grande lune illuminante des pays chauds s'étalait en plein dans le ciel, éclairant la ville et le golfe avec son cadre arrondi de montagnes, nous apercevions alors sur toutes les autres terrasses comme une armée de
30   silencieux fantômes étendus qui parfois se levaient, changeaient de place, et se recouchaient sous la tiédeur langoureuse du ciel apaisé.

et des feuilles: la flore

inapaisable(s): impossible à calmer □ **acharné(es)**: intense
hurlantes étreintes: enlacements bruyants □ **grincement(s), m.**: bruit de friction des dents □ **morsure(s), f.**: coup de dents
assoupissement(s): sommeil
se réveillait: sortait de son sommeil
enlacement(s): embrassade □ **gorge**: seins □ **gonflé(e)**: plein

esprit: siège de la pensée □ **d'ailleurs**: de plus
rire: signe de joie □ **lui tenait lieu de**: prenait la place de sa
fière: très satisfaite
voile(s): étoffe transparente □ **léger(s)**: fin □ **courait**: se précipitait □ **gambadait**: sautait de joie □ **impudeur**: immodestie □ **hardi(e)**: sans peur □ **repu(e)**: qui n'a plus faim
épuisé(e): très fatigué
tandis que: pendant que
accablant(e): harassant □ **pointer**: apparaître
minuscule(s): très petit □ **sueur**: transpiration □ **dégageait**: libérait □ **relevé(s)**: placé vers le haut □ **repli(s)**: endroit dissimulé □ **fauve**: de bête sauvage □ **plaît aux**: charme les
étant de service: devant être à son poste de travail

à peine: presque pas □ **tissu(s)**: étoffe, produit textile

lune: satellite de la terre
en plein dans le: au milieu du □ **éclairant**: rendant visibles
cadre: décor □ **arrondi**: formant un cercle

fantôme(s): spectre
se recouchaient: s'allongeaient encore □ **tiédeur**: chaleur modérée □ **apaisé** < paix, f.: redevenu calme (l. 3)

Malgré l'éclat de ces soirées d'Afrique, Marroca s'obstinait à se mettre nue encore sous les clairs rayons de la lune ; elle ne s'inquiétait guère de tous ceux qui nous pouvaient voir, et souvent elle poussait par la nuit, malgré mes craintes et mes prières de longs cris vibrants, qui faisaient au loin hurler les chiens.

Comme je sommeillais un soir, sous le large firmament tout barbouillé d'étoiles, elle vint s'agenouiller sur mon tapis, et approchant de ma bouche ses grandes lèvres retournées :

« Il faut, dit-elle, que tu viennes dormir chez moi. »

Je ne comprenais pas. « Comment, chez toi ?

— Oui, quand mon mari sera parti, tu viendras dormir à sa place. »

Je ne pus m'empêcher de rire.

« Pourquoi ça, puisque tu viens ici ? »

Elle reprit, en me parlant dans la bouche, me jetant son haleine chaude au fond de la gorge, mouillant ma moustache de son souffle : « C'est pour me faire un souvenir. » Et l'*r* de souvenir traîna longtemps avec un fracas de torrent sur des roches.

Je ne saisissais point son idée. Elle passa ses bras à mon cou. « Quand tu ne seras plus là, j'y penserai. Et quand j'embrasserai mon mari, il me semblera que ce sera toi. »

Et les *rrrai* et les *rrra* prenaient en sa voix des grondements de tonnerres familiers.

Je murmurai, attendri et très égayé :

« Mais tu es folle. J'aime mieux rester chez moi. »

Je n'ai, en effet, aucun goût pour les rendez-vous sous un toit conjugal ; ce sont là des souricières où sont toujours pris les imbéciles. Mais elle me pria, me

malgré: en dépit de □ **éclat**, m. : luminosité
se mettre nu(e): se déshabiller □ **rayon(s)**: trait de lumière
s'inquiétait: se préoccupait
poussait... de longs cris: produisait... □ **par**: dans
crainte(s), f.: appréhension
au loin: à distance □ **hurler**: crier fort (44.3)
comme: pendant que □ **sommeillais**: dormais un peu
barbouillé: couvert, maculé □ **s'agenouiller**: se mettre à genoux

retourné(es): protubérant (40.16)

m'empêcher: me retenir

reprit la parole □ **me jetant**: m'envoyant
haleine: respiration □ **gorge**: intérieur du cou □ **mouillant**: rendant humide □ **souffle**: mouvement de l'air
traîna: se prolongea
fracas: bruit violent
saisissais: comprenais
cou: partie du corps sous la tête

grondement(s), m.: bruit du **tonnerre** (détonation du ciel orageux) □ **attendri**: touché □ **égayé** < **gai**: joyeux, amusé
es folle: as perdu la raison □ **aime mieux**: préfère
goût: prédilection
le **toit** couvre la maison □ **souricière(s), f.** < souris: trappe
pria: demanda avec insistance

supplia, pleura même, ajoutant : « Tu verras comme je t'aimerrrai. » *T'aimerrrai* retentissait à la façon d'un roulement de tambour battant la charge.

Son désir me semblait tellement singulier que je ne me l'expliquais point ; puis, en y songeant, je crus démêler quelque haine profonde contre son mari, une de ces vengeances secrètes de femme qui trompe avec délices l'homme abhorré, et le veut encore tromper chez lui, dans ses meubles, dans ses draps.

10 Je lui dis : « Ton mari est très méchant pour toi ? »

Elle prit un air fâché : « Oh non, très bon.

— Mais tu ne l'aimes pas, toi ? »

Elle me fixa avec ses larges yeux étonnés.

« Si, je l'aime beaucoup, au contraire, beaucoup, beaucoup, mais pas tant que toi, mon cœurrr. »

Je ne comprenais plus du tout, et comme je cherchais à deviner, elle appuya sur ma bouche une de ces caresses dont elle connaissait le pouvoir, puis elle murmura :

« Tu viendrras, dis ? »

20 Je résistai cependant. Alors elle s'habilla tout de suite et s'en alla.

Elle fut huit jours sans se montrer. Le neuvième jour elle reparut, s'arrêta gravement sur le seuil de ma chambre et demanda : « Viendras-tu ce soir dorrrmirrr chez moi ? Si tu ne viens pas, je m'en vais. »

Huit jours, c'est long, mon ami, et, en Afrique, ces huit jours-là valaient bien un mois. Je criai : « Oui » et j'ouvris les bras. Elle s'y jeta.

30 Elle m'attendit, à la nuit, dans une rue voisine, et me guida.

Ils habitaient près du port une petite maison basse. Je

pleura: versa des larmes □ **comme**: à quel point
retentissait: était sonore
roulement: percussion □ **tambour**: instrument de musique militaire □ **battant la charge**: donnant le signal de l'assaut
songeant: réfléchissant □ **crus** < croire □ **démêler**: discerner
haine ≠ amour □ **mari**: homme à qui elle est mariée
trompe: est infidèle à □ **délices,** f. pl.: délectation

meuble(s), m.: lit, table, chaise... □ **drap(s),** m.: linge blanc qui couvre le lit □ **méchant** ≠ bon
fâché: mécontent

fixa: regarda d'une manière insistante □ **étonné(s)**: surpris
si = oui (question posée à la forme négative)
tant: autant □ **mon cœur**: mon chéri

deviner: savoir par conjecture □ **appuya**: pressa

dis? = n'est-ce pas?
s'habilla: mit ses vêtements □ **tout de suite**: immédiatement

se montrer: se manifester
reparut: se montra à nouveau □ **s'arrêta**: resta □ **le seuil**: l'entrée de la pièce

valaient bien: avaient au moins la valeur d' □ **mois**: trente jours □ **jeta**: précipita

m'attendit: resta jusqu'à mon arrivée □ **voisin(e)**: d'à côté

traversai d'abord une cuisine où le ménage prenait ses repas, et je pénétrai dans la chambre blanchie à la chaux, propre, avec des photographies de parents le long des murs et des fleurs de papier sous des globes. Marroca semblait folle de joie; elle sautait, répétant : « Te voilà chez nous, te voilà chez toi. »

J'agis en effet, comme chez moi.

J'étais un peu gêné, je l'avoue, même inquiet. Comme j'hésitais, dans cette demeure inconnue, à me séparer de certain vêtement sans lequel un homme surpris devient aussi gauche que ridicule, et incapable de toute action, elle me l'arracha de force et l'emporta dans la pièce voisine, avec toutes mes autres hardes.

Je repris enfin mon assurance et je le lui prouvai de tout mon pouvoir, si bien qu'au bout de deux heures nous ne songions guère encore au repos, quand des coups violents frappés soudain contre la porte nous firent tressaillir; et une voix forte d'homme cria : « Marroca, c'est moi. »

Elle fit un bond : « Mon mari ! Vite, cache-toi sous le lit. » Je cherchais éperdument mon pantalon; mais elle me poussa, haletante : « Va donc, va donc. »

Je m'étendis à plat ventre et me glissai sans murmurer sous ce lit, sur lequel j'étais si bien.

Alors elle passa dans la cuisine. Je l'entendis ouvrir une armoire, la fermer, puis elle revint, apportant un objet que je n'aperçus pas, mais qu'elle posa vivement quelque part; et, comme son mari perdait patience, elle répondit d'une voix forte et calme : « Je ne trrrouve pas les allumettes »; puis soudain : « Les voilà, je t'ouvrrre. »
Et elle ouvrit.

L'homme entra. Je ne vis que ses pieds, des pieds

d'abord : en premier □ **cuisine** : pièce □ **ménage** : couple
repas, m. : occasion où on mange □ **blanchie à la chaux** : peinte
en blanc □ **propre** ≠ sale
la chambre a 4 **murs**
folle de... : au paroxysme de la... □ **sautait** : bondissait
te voilà = tu es maintenant
agis : me comportai
gêné : embarrassé □ **avoue** : confesse

certain vêtement sans lequel... : il s'agit de son pantalon

arracha : prit violemment □ **emporta** : prit avec elle
hardes, f. pl. : vêtements, affaires

si bien qu' : à tel point qu' □ **au bout de** : après
songions... au repos : avions l'intention de nous reposer
coup(s) : choc □ **frappé(s)** : tapé
tressaillir : trembler

bond : saut brusque
éperdument : avec frénésie □ **pantalon** : vêtement (l. 10)
haletant(e) : qui a perdu son souffle
à plat ventre : le ventre sur le sol □ **me glissai** : pénétrai
adroitement

armoire : meuble de rangement □ **apportant** : venant avec
posa : plaça
quelque part : dans un endroit indéterminé
ne trouve pas : ne sais pas où j'ai mis
allumette(s), f. : petit bâton qui donne une flamme de quelques
instants

énormes. Si le reste se trouvait en proportion, il devait être un colosse.

J'entendis des baisers, une tape sur de la chair nue, un rire ; puis il dit avec un accent marseillais : « Zé oublié ma bourse, té, il a fallu revenir. Autrement, je crois que tu dormais de bon cœur. » Il alla vers la commode, chercha longtemps ce qu'il lui fallait ; puis Marroca s'étant étendue sur le lit comme accablée de fatigue, il revint à elle, et sans doute il essayait de la caresser, car elle lui envoya, en phrases irritées, une mitraille d'*r* furieux.

Les pieds étaient si près de moi qu'une envie folle, stupide, inexplicable, me saisit de les toucher tout doucement. Je me retins.

Comme il ne réussissait pas en ses projets, il se vexa. « Tu es bien méçante aujourd'hui », dit-il. Mais il en prit son parti. « Adieu, pétite. » Un nouveau baiser sonna ; puis les gros pieds se retournèrent, me firent voir leurs clous en s'éloignant, passèrent dans la pièce voisine ; et la porte de la rue se referma.

J'étais sauvé !

Je sortis lentement de ma retraite, humble et piteux, et tandis que Marroca, toujours nue, dansait une gigue autour de moi en riant aux éclats et battant des mains, je me laissai tomber lourdement sur une chaise. Mais je me relevai d'un bond ; une chose froide gisait sous moi, et comme je n'étais pas plus vêtu que ma complice, le contact m'avait saisi. Je me retournai.

Je venais de m'asseoir sur une petite hachette à fendre le bois, aiguisée comme un couteau. Comment était-elle venue à cette place ! Je ne l'avais pas aperçue en entrant.

se trouvait : était □ **devait être :** était assurément

tape : coup donné avec la main
zé = j'ai
bourse : porte-monnaie □ **té :** mot explétif □ **autrement :** à part cela □ **de bon cœur :** volontiers □ **commode :** meuble bas à tiroirs
comme accablée : comme si elle était exténuée
essayait : tentait
mitraille : une grande quantité d'un seul coup

me retins : résistai à l'envie
réussissait : avait du succès
méçante = méchante (accent de Marseille) □ **en prit son parti :** se résigna □ **sonna :** se fit entendre

clou(s), m. : pointe métallique □ **s'éloignant :** allant au loin

piteux : déplorable

riant < rire □ **aux éclats :** très fort □ **battant des mains :** applaudissant □ **lourdement** ≠ légèrement □ **chaise :** meuble pour s'asseoir □ **gisait** < gésir : était posée, couchée

hachette : outil □ **fendre :** couper
le bois vient des arbres □ **aiguisé(e) :** tranchant □ **couteau :** instrument pour couper de la viande, du pain...

Marroca, voyant mon sursaut, étouffait de gaieté, poussait des cris, toussait, les deux mains sur son ventre.

Je trouvai cette joie déplacée, inconvenante. Nous avions joué notre vie stupidement ; j'en avais encore froid dans le dos, et ces rires fous me blessaient un peu.

« Et si ton mari m'avait vu », lui demandai-je.

Elle répondit : « Pas de danger.

— Comment ! pas de danger. Elle est raide celle-là ! Il lui suffisait de se baisser pour me trouver. »

Elle ne riait plus ; elle souriait seulement en me regardant de ses grands yeux fixes, où germaient de nouveaux désirs.

« Il ne se serait pas baissé. »

J'insistai : « Par exemple ! S'il avait seulement laissé tomber son chapeau, il aurait bien fallu le ramasser, alors... j'étais propre, moi, dans ce costume. »

Elle posa sur mes épaules ses bras ronds et vigoureux, et, baissant le ton, comme si elle m'eût dit : « Je t'adorrre », elle murmura : « Alorrrs, il ne se serait pas relevé. »

Je ne comprenais point :

« Pourquoi ça ? »

Elle cligna de l'œil avec malice, allongea sa main vers la chaise où je venais de m'asseoir ; et son doigt tendu, le pli de sa joue, ses lèvres entrouvertes, ses dents pointues, claires et féroces, tout cela me montrait la petite hachette à fendre le bois, dont le tranchant aigu luisait.

Elle fit le geste de la prendre ; puis m'attirant du bras gauche tout contre elle, serrant sa hanche à la mienne,

sursaut: geste de surprise □ **étouffait**: perdait le souffle
toussait < toux, f., bruit répété fait par la gorge irritée
ventre: estomac
déplacé(e): choquant □ **inconvenant(e)**: indécent
joué notre vie: mis notre vie en danger, pris un grand risque
le dos: l'arrière du corps □ **blessaient**: offensaient

elle est raide celle-là ! = (fam.) c'est très difficile à croire
lui suffisait de: n'avait qu'à
souriait: montrait son amusement
germaient: commençaient à se développer

par exemple ! = très surprenant !
le **chapeau** couvre la tête □ **ramasser**: prendre par terre
j'étais propre: j'étais dans une situation impossible, fatale
épaule(s), f.: le haut du bras

cligna de l'œil: ferma un œil en signe de connivence
tendu: allongé
pli: ligne tracée en creux, contour

le tranchant: le bord de la lame □ **aigu**: très coupant
luisait < luire: brillait
m'attirant: me faisant venir de force
serrant: appuyant fortement □ **hanche**: flanc

du bras droit elle esquissa le mouvement qui décapite une homme à genoux !...

Et voilà, mon cher, comment on comprend ici les devoirs conjugaux, l'amour et l'hospitalité !

esquissa : commença à exécuter
genou(x), m. : milieu de la jambe (46. 8)

devoir(s) : obligation morale

Grammaire au fil des nouvelles

Remplissez les blancs avec le mot ou la forme grammaticale qui se trouve dans le texte (le premier chiffre renvoie à la page, le second à la ligne) :

Après ... Bône, Constantine, Biskra et Sétif, je suis venu à Bougie (visiter, 34. 7).

Je suis venu jusqu'à ce merveilleux golfe de Bougie aussi beau que ... de Naples, que ... d'Ajaccio et que ... de Douarnenez, les plus admirables que je ... (3 pron. démonst., connaître, 34. 12).

Dès que j'... le pied dans cette toute petite ville, je compris que j'allais y rester longtemps (mettre, 34. 26).

Sur le quai on rencontre un débris si magnifique, qu'on le ... d'opéra (dire, 36. 5).

C'est l'heure étouffante d'Afrique, l'heure ... tout le monde dort (pron. rel., 36. 20).

Rien ... plus étonnant que ce tableau : cette belle femme ... cette eau transparente, ... cette lumière aveuglante (3 prép., 40. 5).

Comme il fallait bien qu'elle ..., j'attendis (sortir, 40. 13).

Je constatai que son mari était fort occupé, et je n'... demandai pas plus long (= à propos de cette situation, 42. 16).

La chaleur faisait pointer sur sa peau de ... gouttes de sueur (très petites, 44. 18).

Comme je ... un soir, elle ... s'agenouiller sur mon tapis (sommeiller, venir, 46. 7).

Il faut, dit-elle, que tu ... dormir chez moi (venir, 46. 11).

Quand mon mari ..., tu viendras dormir à sa place (partir, 46. 13).

Elle appuya sur ma bouche une de ces caresses ... elle connaissait le pouvoir (pron. rel., 48. 17).

J'hésitais à me séparer de certain vêtement sans ... un homme surpris devient aussi gauche que ridicule (pron. rel., 50. 9).

LE VOLEUR

Beaucoup plus encore que dans la nouvelle précédente, on trouve ici le bizarre mélange du rire et de la cruauté.

Du côté du rire, il s'agit de ce qu'on appelait une farce de «rapins», le rapin étant un artiste peintre et les rapins étant censés, éternels jeunes gens, aimer à se retrouver entre eux pour boire, chanter et inventer les plaisanteries les plus grasses.

Du côté de la cruauté, il s'agit d'un souvenir de jeunesse rapporté par l'un des acteurs d'une soirée mémorable; mais Maupassant prend si bien le moyen de nous persuader que son histoire, «quelque invraisemblable qu'elle paraisse», est vraie, qu'il n'hésite pas à donner deux noms de peintres qui ont réellement existé, dont l'un fut un de ses cousins, comme complices de ce qui prend les apparences d'un meurtre.

Le jeu est poussé jusqu'à la limite du tolérable et le rire est bien amer, si même on peut en rire. Les temps ont dû bien changer!

Reproduit souvent du vivant de Maupassant, *Le Voleur* fait aussi partie de *Mademoiselle Fifi* (seconde édition de 1883).

« Puisque je vous dis qu'on ne la croira pas.

— Racontez tout de même.

— Je le veux bien. Mais j'éprouve d'abord le besoin de vous affirmer que mon histoire est vraie en tous points, quelque invraisemblable qu'elle paraisse. Les peintres seuls ne s'étonneront point, surtout les vieux qui ont connu cette époque où l'esprit farceur sévissait si bien qu'il nous hantait encore dans les circonstances les plus graves. »

Et le vieil artiste se mit à cheval sur une chaise.

Ceci se passait dans la salle à manger d'un hôtel de Barbizon.

Il reprit :

★

Donc nous avions dîné ce soir-là chez le pauvre Sorieul, aujourd'hui mort, le plus enragé de nous. Nous étions trois seulement : Sorieul, moi et Le Poittevin, je crois ; mais je n'oserais affirmer que c'était lui. Je parle, bien entendu, du peintre de marine Eugène Le Poittevin, mort aussi, et non du paysagiste, bien vivant et plein de talent.

Dire que nous avions dîné chez Sorieul, cela signifie que nous étions gris. Le Poittevin seul avait gardé sa raison, un peu noyée il est vrai, mais claire encore. Nous étions jeunes, en ce temps-là. Étendus sur des tapis, nous discourions extravagamment dans la petite chambre qui touchait à l'atelier. Sorieul, le dos à terre, les jambes sur une chaise, parlait bataille, discourait sur les uniformes de l'Empire, et soudain se levant, il prit dans sa grande armoire aux accessoires une tenue complète de hussard,

la = mon histoire □ **croira** < croire, futur
racontez: dites □ **tout de même**: malgré tout
veux bien: accepte □ **d'abord**: avant cela □ **éprouve... le besoin**: estime nécessaire □ **vrai(e)**: conforme à la vérité □ **en tous points**: totalement □ **quelque... qu'**: si... qu' □ **invraisemblable**: improbable □ **peintre(s)**: artiste □ **s'étonneront**: seront surpris □ **surtout**: spécialement □ **farceur**: facétieux □ **sévissait**: était en vogue □ **si bien**: à tel point □ **hantait**: obsédait

vieil = vieux (avant voyelle) □ **à cheval**: chaque jambe d'un côté □ **se passait**: arrivait □ **salle à manger**: restaurant
Barbizon: à 60 km au sud de Paris ; des peintres réalistes s'y rencontraient (école de Barbizon, 1850-1870), dont Corot, Millet et les personnages que Maupassant nomme plus bas

le pauvre Sorieul: le malheureux (et sympathique)
mort ≠ vivant □ **enragé**: fanatique

oserais affirmer: affirmerais avec audace
bien entendu: évidemment □ **marine, f.**: tableau présentant des scènes maritimes □ **paysagiste**: peintre de scènes rurales (il s'agit d'un cousin de Maupassant, Louis Le Poittevin)
(le fait de) **dire que... signifie que...**
gris: en état d'ébriété □ **gardé**: conservé □ **raison**: lucidité
noyé(e): dilué □ **clair(e)** ≠ obscur
étendu(s): allongé □ **tapis, m.**: carpette
discourions: parlions longuement
touchait: était à côté de □ **atelier, m.**: studio □ **dos**: arrière du corps □ **parlait bataille** = comme toujours, parlait de batailles
se levant: se mettant debout
armoire: meuble pour les habits □ **tenue complète**: uniforme

et s'en revêtit. Après quoi il contraignit Le Poittevin à se costumer en grenadier. Et comme celui-ci résistait, nous l'empoignâmes, et, après l'avoir déshabillé, nous l'introduisîmes dans un uniforme immense où il fut englouti.

Je me déguisai moi-même en cuirassier. Et Sorieul nous fit exécuter un mouvement compliqué. Puis il s'écria : « Puisque nous sommes ce soir des soudards, buvons comme des soudards. »

Un punch fut allumé, avalé, puis une seconde fois la flamme s'éleva sur le bol rempli de rhum. Et nous chantions à pleine gueule des chansons anciennes, des chansons que braillaient jadis les vieux troupiers de la grande armée.

Tout à coup Le Poittevin, qui restait, malgré tout, presque maître de lui, nous fit taire, puis, après un silence de quelques secondes, il dit à mi-voix : « Je suis sûr qu'on a marché dans l'atelier. » Sorieul se leva comme il put, et s'écria : « Un voleur ! quelle chance ! » Puis, soudain, il entonna *La Marseillaise* :

Aux armes, citoyens !

Et, se précipitant sur une panoplie, il nous équipa, selon nos uniformes. J'eus une sorte de mousquet et un sabre ; Le Poittevin, un gigantesque fusil à baïonnette, et Sorieul, ne trouvant pas ce qu'il fallait, s'empara d'un pistolet d'arçon qu'il glissa dans sa ceinture, et d'une hache d'abordage qu'il brandit. Puis il ouvrit avec précaution la porte de l'atelier, et l'armée entra sur le territoire suspect.

Quand nous fûmes au milieu de la vaste pièce encombrée de toiles immenses, de meubles, d'objets

s'en revêtit : le mit sur lui □ **contraignit :** obligea □ **se costumer en :** revêtir le costume d'un
empoignâmes : saisîmes □ **l'avoir déshabillé :** lui avoir ôté ses vêtements □ **introduisîmes :** fîmes entrer □ **fut englouti :** disparut
déguisai : transformai

soudard(s), m. : soldat grossier
buvons < boire, impératif
allumé : flambé □ **avalé :** bu rapidement
s'éleva : se dressa □ **bol :** récipient □ **rempli :** plein
à pleine gueule : de toutes nos forces ; **gueule** = bouche (fam.)
braillaient : chantaient fort □ **jadis :** autrefois □ **vieux troupiers :** vétérans □ **la grande armée :** l'armée de Napoléon
tout à coup : soudainement □ **restait :** était encore
presque : plus ou moins □ **nous fit taire :** nous arrêta de parler
mi- = demi-
on a marché : quelqu'un s'est déplacé
voleur : qqn qui prend le bien d'autrui □ **chance :** événement heureux □ **entonna :** commença de chanter □ *La Marseillaise :* hymne national français
citoyen(s), m. : personne membre d'un État républicain

panoplie : collection de vieilles armes
mousquet, m. : vieille arme à feu
fusil : arme à feu du soldat (ou du chasseur)
s'empara d'un : prit possession d'un
d'arçon = de cavalier □ **glissa :** introduisit □ **ceinture :** bande de cuir qui tient le pantalon □ **hache d'abordage :** arme de pirate (**abordage, m. :** assaut d'un bateau)

encombré(e) : plein □ **toile(s), f. :** tableau □ **meubles :** chaises,

singuliers et inattendus, Sorieul nous dit : « Je me nomme général. Tenons un conseil de guerre. Toi, les cuirassiers, tu vas couper la retraite à l'ennemi, c'està-dire donner un tour de clef à la porte. Toi, les grenadiers, tu seras mon escorte. »

J'exécutai le mouvement commandé, puis je rejoignis le gros des troupes qui opérait une reconnaissance.

Au moment où j'allais le rattraper derrière un grand paravent, un bruit furieux éclata. Je m'élançai, portant
10 toujours une bougie à la main. Le Poittevin venait de traverser d'un coup de baïonnette la poitrine d'un mannequin dont Sorieul fendait la tête à coups de hache. L'erreur reconnue, le général commanda : « Soyons prudents », et les opérations recommencèrent.

Depuis vingt minutes au moins on fouillait tous les coins et recoins de l'atelier, sans succès, quand Le Poittevin eut l'idée d'ouvrir un immense placard. Il était sombre et profond, j'avançai mon bras qui tenait la
20 lumière, et je reculai stupéfait ; un homme était là, un homme vivant, qui m'avait regardé.

Immédiatement, je refermai le placard à deux tours de clef, et on tint de nouveau conseil.

Les avis étaient très partagés. Sorieul voulait enfermer le voleur, Le Poittevin parlait de le prendre par la famine. Je proposai de faire sauter le placard avec de la poudre.

L'avis de Le Poittevin prévalut ; et, pendant qu'il montait la garde avec son grand fusil, nous allâmes
30 chercher le reste du punch et nos pipes, puis on s'installa devant la porte fermée, et on but au prisonnier.

Au bout d'une demi-heure, Sorieul dit : « C'est égal,

tables, lits, armoires... ☐ **inattendu(s)**: extraordinaire
nomme: choisis pour être ☐ **tenons**: formons ☐ **conseil de guerre**: réunion pour la défense ☐ **couper**: barrer
clef, f.: objet métallique qui ouvre et ferme une serrure

rejoignis < rejoindre: allai vers
le gros des...: la partie la plus importante des...
au moment où: quand ☐ **le rattraper**: parvenir près de lui
paravent: meuble qui protège du vent ☐ **bruit**: son ☐ **éclata**: détona ☐ **élançai**: précipitai ☐ **bougie**: chandelle ☐ **venait de traverser**: avait juste percé ☐ **poitrine**: le devant du corps
fendait: brisait, coupait en deux

soyons < être, impératif

au moins: au minimum ☐ **fouillait**: faisait une recherche dans
coins et recoins: endroits possibles (**coin**: angle d'une pièce)
placard: armoire fixe dans un mur
profond: vaste ☐ **avançai**: portai en avant
reculai: partis en arrière

de nouveau: encore ☐ **tint... conseil**: se consulta
avis: opinion ☐ **partagé(s)**: divisé ☐ **enfermer**: retenir prisonnier ☐ **prendre par**: capturer en utilisant
sauter: exploser
poudre: explosif
prévalut < prévaloir: fut le plus fort

chercher: prendre (là où il était) ☐ **s'installa**: se posta
but < boire, passé simple ☐ **au**: à la santé du
au bout d': après ☐ **c'est égal**: malgré tout

je voudrais bien le voir de près. Si nous nous emparions de lui par la force ? »

Je criai : « Bravo ! » Chacun s'élança sur ses armes ; la porte du placard fut ouverte, et Sorieul, armant son pistolet qui n'était pas chargé, se précipita le premier.

Nous le suivîmes en hurlant. Ce fut une bousculade effroyable dans l'ombre ; et après cinq minutes d'une lutte invraisemblable, nous ramenâmes au jour une sorte de vieux bandit à cheveux blancs, sordide et déguenillé.

On lui lia les pieds et les mains, puis on l'assit dans un fauteuil. Il ne prononça pas une parole.

Alors Sorieul, pénétré d'une ivresse solennelle, se tourna vers nous :

« Maintenant nous allons juger ce misérable. »

J'étais tellement gris que cette proposition me parut toute naturelle.

Le Poittevin fut chargé de présenter la défense et moi de soutenir l'accusation.

Il fut condamné à mort à l'unanimité moins une voix, celle de son défenseur.

« Nous allons l'exécuter », dit Sorieul. Mais un scrupule lui vint : « Cet homme ne doit pas mourir privé des secours de la religion. Si on allait chercher un prêtre ? » J'objectai qu'il était tard. Alors Sorieul me proposa de remplir cet office ; et il exhorta le criminel à se confesser dans mon sein.

L'homme, depuis cinq minutes, roulait des yeux épouvantés, se demandant à quel genre d'êtres il avait affaire.

Alors il articula d'une voix creuse, brûlée par l'alcool : « Vous voulez rire, sans doute. » Mais Sorieul l'age-

voudrais bien: souhaite(rais)

armant: préparant le fonctionnement de
était chargé: avait une balle
suivîmes: allâmes après lui □ **hurlant**: criant □ **bousculade**: désordre □ **effroyable**: terrifiant □ **ombre,** f. ≠ lumière
lutte: combat □ **ramenâmes**: fîmes sortir
les **cheveux** couvrent la tête □ **déguenillé**: habillé de guenilles (vêtements en pièces)
lia: attacha
fauteuil: siège avec appui pour les bras □ **parole**: mot
ivresse: état d'ébriété

fut chargé de: reçut la responsabilité de
soutenir: représenter

défenseur: avocat

privé des: sans les
(que diriez-vous) **si...?**
tard: longtemps après l'heure normale
remplir cet office: tenir cette fonction
dans mon sein: confidentiellement
roulait: tournait en tous sens
épouvanté(s): terrifié □ **genre**: sorte □ **être(s),** m.: créature
il avait affaire (à): il était en relation (avec)
creuse: peu sonore □ **brûlé(e)**: consumé
voulez rire: plaisantez □ **agenouilla**: mit à genoux

nouilla de force, et, par crainte que ses parents eussent omis de le faire baptiser, il lui versa sur le crâne un verre de rhum.

Puis il dit :

« Confesse-toi à monsieur ; ta dernière heure a sonné. »

Éperdu, le vieux gredin se mit à crier :

« Au secours ! » avec une telle force qu'on fut contraint de le bâillonner pour ne pas réveiller tous les voisins. Alors il se roula par terre, ruant et se tordant, renversant les meubles, crevant les toiles. A la fin, Sorieul, impatienté, cria : « Finissons-en. » Et visant le misérable étendu par terre, il pressa la détente de son pistolet. Le chien tomba avec un petit bruit sec. Emporté par l'exemple, je tirai à mon tour. Mon fusil, qui était à pierre, lança une étincelle dont je fus surpris.

Alors Le Poittevin prononça gravement ces paroles : « Avons-nous bien le droit de tuer cet homme ? »

Sorieul, stupéfait, répondit : « Puisque nous l'avons condamné à mort ! »

Mais Le Poittevin reprit : « On ne fusille pas les civils, celui-ci doit être livré au bourreau. Il faut le conduire au poste. »

L'argument nous parut concluant. On ramassa l'homme, et comme il ne pouvait marcher, il fut placé sur une planche de table à modèle, solidement attaché, et je l'emportai avec Le Poittevin, tandis que Sorieul, armé jusqu'aux dents, fermait la marche.

Devant le poste, la sentinelle nous arrêta. Le chef de poste, mandé, nous reconnut, et, comme chaque jour il était témoin de nos farces, de nos scies, de nos inventions invraisemblables, il se contenta de rire et

crainte, f. : appréhension
omis < omettre : oublié □ **versa** : répandit □ **crâne** : sommet de la tête

... a sonné : est venue

éperdu : hagard, désespéré □ **gredin** : bandit
au secours ! : à l'aide !
contraint : obligé □ **bâillonner** : museler □ **réveiller** : faire sortir de leur lit □ **voisin(s)** : qui habite près □ **ruant et se tordant** : faisant des contorsions □ **renversant** : poussant à terre □ **crevant** : déchirant □ **finissons-en** : tuons-le □ **visant** : dirigeant son fusil vers □ **détente** : commande
le chien tomba : le mécanisme fonctionna □ **sec** : bref □ **emporté** : incité □ **tirai** : fis feu □ **à mon tour** : moi aussi
pierre : (ici) silex □ **lança** : produisit □ **étincelle** : flamme très rapide
bien : réellement □ **le droit** : l'autorité légale □ **tuer** : mettre à mort □ **stupéfait** : très surpris □ **répondit** : répliqua

reprit la parole □ **fusille** : exécute avec un fusil
livré : remis, donné □ **bourreau** : exécuteur public □ **conduire** : emmener □ **poste** militaire
ramassa : prit par terre
comme : parce qu'
planche : long morceau de bois plat

armé jusqu'aux dents : suréquipé en armes □ **fermait la marche** : venait en dernier □ **sentinelle** : garde □ **arrêta** : stoppa
mandé : appelé
était témoin de : observait □ **scie(s)**, f. : (ici) manie
se contenta de : ne fit rien d'autre que de

refusa notre prisonnier.

Sorieul insista : alors le soldat nous invita sévèrement à retourner chez nous sans faire de bruit.

La troupe se remit en route et rentra dans l'atelier. Je demandai : « Qu'allons-nous faire du voleur ? »

Le Poittevin, attendri, affirma qu'il devait être bien fatigué, cet homme. En effet, il avait l'air agonisant, ainsi ficelé, bâillonné, ligaturé sur sa planche.

Je fus pris à mon tour d'une pitié violente, une pitié d'ivrogne, et, enlevant son bâillon, je lui demandai : « Eh bien, mon pauv' vieux, comment ça va-t-il ? »

Il gémit : « J'en ai assez, nom d'un chien ! » Alors Sorieul devint paternel. Il le délivra de tous ses liens, le fit asseoir, le tutoya, et, pour le réconforter, nous nous mîmes tous trois à préparer bien vite un nouveau punch. Le voleur, tranquille dans son fauteuil, nous regardait. Quand la boisson fut prête, on lui tendit un verre ; nous lui aurions volontiers soutenu la tête, et on trinqua.

Le prisonnier but autant qu'un régiment. Mais, comme le jour commençait à paraître, il se leva et, d'un air fort calme : « Je vais être obligé de vous quitter, parce qu'il faut que je rentre chez moi. »

Nous fûmes désolés ; on voulut le retenir encore, mais il se refusa à rester plus longtemps.

Alors on se serra la main, et Sorieul, avec sa bougie, l'éclaira dans le vestibule, en criant : « Prenez garde à la marche sous la porte cochère. »

★

On riait franchement autour du conteur. Il se leva, alluma sa pipe, et il ajouta, en se campant en face de

invita... à : donna l'ordre... de
retourner : repartir
en route : en marche

attendri : touché
avait l'air : paraissait □ **agonisant :** sur le point de mourir
ficelé : attaché étroitement avec une ficelle (corde fine)

ivrogne, m. : alcoolique □ **enlevant :** ôtant □ **bâillon :** bandeau qui ferme la bouche □ **eh bien :** alors □ **pauv'** = pauvre
gémit : dit plaintivement □ **nom d'un chien :** juron d'indignation
délivra : libéra □ **lien(s) :** attache
le tutoya < tu : lui parla amicalement
nous mîmes : commençâmes □ **vite :** rapidement

boisson : ce que l'on boit □ **tendit :** offrit
volontiers : avec plaisir □ **soutenu :** tenu □ **trinqua :** choqua nos verres □ **autant qu' :** la même quantité qu'

désolé(s) : affligé □ **retenir :** garder avec nous
rester : prolonger (sa visite)
se serra la main (pour se dire au revoir)
l'éclaira : lui donna de la lumière □ **prenez garde :** faites attention □ **marche :** différence de hauteur □ **porte cochère :** grande porte d'entrée de la maison, à double battant

conteur : narrateur
se campant : se postant fermement sur ses jambes

nous :

« Mais le plus drôle de mon histoire, c'est qu'elle est vraie. »

drôle : amusant

Grammaire au fil des nouvelles

Remplissez les blancs avec le mot ou la forme grammaticale qui se trouve dans le texte (le premier chiffre renvoie à la page, le second à la ligne) :

Mon histoire est vraie en tous points, quelque invraisemblable qu'elle ... (paraître, 60. 4).

Les vieux peintres ont connu cette époque ... l'esprit farceur sévissait (pron. rel., 60. 6).

Comme Le Poittevin ..., nous l'..., et, après l'..., nous l'... dans un uniforme immense (résister, empoigner, déshabiller, introduire, 62. 2).

Puisque nous sommes ce soir des soudards, ... comme des soudards (boire, 62. 7).

Nous chantions des chansons anciennes ... braillaient jadis les vieux troupiers de la grande armée (pron. rel., 62. 10).

Le Poittevin ... traverser d'un coup de baïonnette la poitrine d'un mannequin ... Sorieul fendait la tête (avait juste traversé, pron. rel., 64. 10).

Pendant que Le Poittevin ... la garde, nous ... chercher le reste du punch (monter, aller, 64. 28).

Je voudrais bien voir le voleur de près. Si nous ... de lui par la force ? (s'emparer, 66. 1)

Il fut condamné à mort à l'unanimité moins une voix, ... de son défenseur (pron. démonst., 66. 20).

L'homme, depuis cinq minutes, ... des yeux épouvantés, se demandant à ... genre d'êtres il avait affaire (rouler, adj. interrogatif, 66. 28).

Par crainte que ses parents ... de le faire baptiser, Sorieul lui versa sur le crâne un verre de rhum (omettre, 68. 1).

Enlevant son ..., je lui demandai : « Eh bien, mon pauv' vieux, comment ça va-t-il ? » (bandeau qui ferme la bouche, 70. 10).

Quand la boisson ... prête, on lui tendit un verre ; et on ... (être, choqua les verres en signe d'amitié, 70. 17).

74

UN VIEUX

La composition de cette nouvelle en quatre parties est pour le moins curieuse : on en attend une cinquième, que Maupassant n'écrit pas. C'est que chacun peut aisément imaginer l'épilogue ou dénouement, sans risque de s'égarer.

Le titre banalise à dessein le comportement d'un individu singulier, qui croit pouvoir reculer les limites de son grand âge, sans efforts autres que naturels. Son système, fondé sur la prudence et l'intelligence, l'amène à utiliser le savoir d'un médecin, non pas pour être soigné, mais pour analyser avec lui tous les cas de mortalité dans un groupe donné. Ce personnage de M. Daron est une trouvaille de Maupassant. Sa passion pour les soins préventifs et les bilans de santé le rend très proche de nous.

Un vieux fut publié dans le journal *Gil Blas* en 1882. La ville d'eaux, que Maupassant dut fréquenter personnellement, lui servira de décor et de thème dans une œuvre de plus grande dimension, son roman *Mont-Oriol* (1887).

Tous les journaux avaient inséré cette réclame : « La nouvelle station balnéaire du Rondelis offre tous les avantages désirables pour un arrêt prolongé et même pour un séjour définitif. Ses eaux ferrugineuses, reconnues les premières du monde contre toutes les affections du sang, semblent posséder en outre des qualités particulières, propres à prolonger la vie humaine. Ce résultat singulier est peut-être dû en partie à la situation exceptionnelle de la petite ville, bâtie en pleine montagne, au milieu d'une forêt de sapins. Mais toujours est-il qu'on y remarque depuis plusieurs siècles des cas de longévité extraordinaires. »

Et le public venait en foule.

Un matin, le médecin des eaux fut appelé auprès d'un nouveau voyageur, M. Daron, arrivé depuis quelques jours et qui avait loué une villa charmante, sur la lisière de la forêt. C'était un petit vieillard de quatre-vingt-six ans, encore vert, sec, bien portant, actif, et qui prenait une peine infinie à dissimuler son âge.

Il fit asseoir le médecin et l'interrogea tout de suite. « Docteur, si je me porte bien, c'est grâce à l'hygiène. Sans être très vieux, je suis déjà d'un certain âge, mais j'évite toutes les maladies, toutes les indispositions, tous les plus légers malaises par l'hygiène. On affirme que le climat de ce pays est très favorable à la santé. Je suis tout prêt à le croire, mais avant de me fixer ici j'en veux les preuves. Je vous prierai donc de venir chez moi une fois par semaine pour me donner bien exactement les renseignements suivants :

« Je désire d'abord avoir la liste complète, très complète, de tous les habitants de la ville et des environs qui ont passé quatre-vingts ans. Il me faut aussi

inséré : placé dans leurs colonnes □ **réclame :** annonce pour faire de la publicité □ **station balnéaire :** ville d'eaux curatives
arrêt : le fait de rester au même endroit
séjour : résidence
reconnu(es) : admis comme
sang : liquide rouge du corps □ **en outre :** de plus
propre(s) à : ayant des propriétés pour
est... dû... à : a pour cause □ **peut-être :** probablement □ **en partie :** partiellement □ **bâti(e) :** édifié □ **en pleine :** au cœur de la □ **sapin(s), m. :** conifère
toujours est-il qu' : le fait est qu' □ **plusieurs :** un certain nombre de □ **siècle(s), m. :** 100 ans
en foule : très nombreux ; **foule, f. :** multitude
médecin : docteur □ **appelé :** demandé pour venir □ **auprès d' :** aux côtés d', tout près d'
loué : payé pour habiter temporairement □ **lisière :** bord, limite
vieillard : homme très âgé
vert : vigoureux □ **sec :** maigre □ **bien portant :** en bonne santé

tout de suite : aussitôt
grâce à : par la vertu de
sans être... : bien que je ne sois pas...
évite : m'efforce de ne pas avoir □ **maladie(s) :** la pleurésie, la dysenterie, la scarlatine... □ **malaise(s) :** trouble passager
pays : région
me fixer : m'installer
preuve(s), f. : élément qui prouve qqch. □ **prierai :** demanderai
la **semaine** a 7 jours
renseignement(s) : information
d'abord : en premier
environs, m. pl. : lieux qui sont à proximité

quelques détails physiques et physiologiques sur eux. Je veux connaître leur profession, leur genre de vie, leurs habitudes. Toutes les fois qu'une de ces personnes mourra, vous voudrez bien me prévenir, et m'indiquer la cause précise de sa mort, ainsi que les circonstances. »

Puis, il ajouta gracieusement : « J'espère, docteur, que nous deviendrons bons amis », et il tendit sa petite main ridée que le médecin serra en promettant son concours dévoué.

10 M. Daron avait toujours craint la mort d'une étrange façon. Il s'était privé de presque tous les plaisirs parce qu'ils sont dangereux, et quand on s'étonnait qu'il ne bût pas de vin, de ce vin qui donne le rêve et la gaieté, il répondait d'un ton où perçait la peur : « Je tiens à ma vie. » Et il prononçait MA, comme si cette vie, SA vie, avait eu une valeur ignorée. Il mettait dans ce : MA une telle différence entre sa vie et la vie des autres qu'on ne trouvait rien à répondre.

20 Il possédait, du reste, une façon toute particulière d'accentuer les pronoms possessifs qui désignaient toutes les parties de sa personne ou même les choses qui lui appartenaient. Quand il disait : « Mes yeux, mes jambes, mes bras, mes mains », on sentait bien qu'il ne fallait pas s'y tromper, que ces organes-là n'étaient point ceux de tout le monde. Mais où apparaissait surtout cette distinction, c'est quand il parlait de son médecin : « Mon docteur. » On eût dit que ce docteur était à lui, rien qu'à lui, fait pour lui seul, pour s'occuper de ses maladies et
30 pas d'autre chose, et supérieur à tous les médecins de l'univers, à tous, sans exception.

Il n'avait jamais considéré les autres hommes que

genre, m. : mode

mourra : cessera de vivre ☐ **voudrez bien :** devrez ☐ **prévenir :** informer ☐ **ainsi que :** et aussi
ajouta : dit en plus ☐ **espère :** ai l'espoir (le désir)
tendit : offrit, avança
ridé(e) : marqué de plis ☐ **serra :** prit ☐ **concours :** coopération
dévoué : zélé

craint : appréhendé
façon : manière ☐ **privé de :** refusé ☐ **presque tous... :** avec de rares exceptions ☐ **s'étonnait :** lui disait sa surprise
bût < boire, subj. imparfait ☐ **le rêve :** l'évasion du réel
perçait : se manifestait ☐ **peur :** frayeur, crainte ☐ **je tiens à ma vie :** ma vie m'est précieuse
ignoré(e) : inconnu
tel(le) : si grand
répondre : répliquer

désignaient : se référaient à

lui appartenaient : étaient les siennes ☐ **mes** est un adjectif possessif ☐ **sentait :** comprenait
s'y tromper : mal comprendre ses pensées
tout le monde : les personnes ordinaires
parlait de : donnait son opinion sur (≠ parlait à !)
eût dit : aurait pensé ☐ **était à lui :** lui appartenait ☐ **rien qu'à :** uniquement à ☐ **s'occuper de :** s'intéresser à

comme des espèces de pantins créés pour meubler la nature. Il les distinguait en deux classes : ceux qu'il saluait parce qu'un hasard l'avait mis en rapport avec eux, et ceux qu'il ne saluait pas. Ces deux catégories d'individus lui demeuraient d'ailleurs également indifférentes.

Mais à partir du jour où le médecin de Rondelis lui eut apporté la liste des dix-sept habitants de la ville ayant passé quatre-vingts ans, il sentit s'éveiller dans son cœur un intérêt nouveau, une sollicitude inconnue pour ces vieillards qu'il allait voir tomber l'un après l'autre.

Il ne les voulut pas connaître, mais il se fit une idée très nette de leurs personnes, et il ne parlait que d'eux avec le médecin qui dînait chez lui, chaque jeudi. Il demandait : « Eh bien, docteur, comment va Joseph Poinçot, aujourd'hui ? Nous l'avons laissé un peu souffrant la semaine dernière. » Et quand le médecin avait fait le bulletin de la santé du malade, M. Daron proposait des modifications au régime, des essais, des modes de traitement qu'il pourrait ensuite appliquer sur lui s'ils avaient réussi sur les autres. Ils étaient, ces dix-sept vieillards, un champ d'expériences d'où il tirait des enseignements.

Un soir, le docteur, en entrant, annonça : « Rosalie Tournel est morte. » M. Daron tressaillit et tout de suite il demanda : « De quoi ? — D'une angine. » — Le petit vieux eut un « ah » de soulagement. Il reprit : « Elle était trop grasse, trop forte ; elle devait manger trop cette femme-là. Quand j'aurai son âge, je m'observerai davantage. » (Il était de deux ans plus vieux ; mais il n'avouait que soixante-dix ans.)

espèce(s), f.: sorte □ **pantin(s),** m.: marionnette □ **meubler:** occuper l'espace vide de □ **ceux qu'il saluait:** ...à qui il disait bonjour □ **...mis en rapport avec eux:** lui avait fait rencontrer

demeuraient: étaient □ **également:** à égalité

à partir du: depuis le
eut apporté: eut donné
sentit: eut conscience (que s'éveillait...) □ **s'éveiller:** apparaître, naître □ **cœur:** siège des sentiments □ **inconnu(e):** mystérieux
tomber: être précipité à terre (= mourir)

net(te): précis

demandait: questionnait □ **eh bien:** alors □ **comment va...?:** comment se porte...? quel est l'état de santé de...?

régime: diète □ **essai(s),** m.: tentative, expérimentation
ensuite: dans le futur
réussi: eu un résultat bénéfique
champ: domaine □ **tirait des enseignements:** apprenait des leçons

tressaillit: eut un sursaut □ **tout de suite:** immédiatement
angine (de poitrine): souffrance du cœur
soulagement: sentiment de réconfort
gras(se): corpulent □ **forte** = grosse □ **elle devait manger:** je suppose qu'elle mangeait □ **m'observerai:** ferai très attention à moi □ **davantage:** plus
avouait: admettait

Quelques mois après, ce fut le tour d'Henri Brissot. M. Daron fut très ému. C'était un homme, cette fois, un maigre, juste de son âge à trois mois près, et un prudent. Il n'osait plus interroger, attendant que le médecin parlât, et il demeurait inquiet. « Ah ! il est mort comme ça, tout d'un coup ? Il se portait très bien la semaine dernière, il aura fait quelque imprudence, n'est-ce pas, docteur ? » Le médecin, qui s'amusait, répondit : « Je ne crois pas. Ses enfants m'ont dit qu'il avait été très sage. »

Alors, n'y tenant plus, pris d'angoisse, M. Daron demanda : « Mais... mais... de quoi est-il mort, alors ? — D'une pleurésie. »

Ce fut une joie, une vraie joie. Le petit vieux tapa l'une contre l'autre ses mains sèches. « Parbleu, je vous disais bien qu'il avait fait quelque imprudence. On n'attrape pas une pleurésie sans raison. Il aura voulu prendre l'air après son dîner, et le froid lui sera tombé sur la poitrine. Une pleurésie ! C'est un accident, cela, ce n'est pas même une maladie. Il n'y a que les fous qui meurent d'une pleurésie. »

Et il dîna gaiement en parlant de ceux qui restaient. « Ils ne sont plus que quinze maintenant ; mais ils sont forts, ceux-là, n'est-ce pas ? Toute la vie est ainsi, les plus faibles tombent les premiers ; les gens qui passent trente ans ont bien des chances pour aller à soixante ; ceux qui passent soixante arrivent souvent à quatre-vingts ; et ceux qui passent quatre-vingts atteignent presque toujours la centaine, parce que ce sont les plus robustes, les plus sages, les mieux trempés. »

Deux autres encore disparurent dans l'année, l'un

mois, m. : 30 jours
ému : touché, plein d'émotion
à... près : avec une différence de plus ou moins **trois mois**
osait : avait le courage d'
inquiet : anxieux
tout d'un coup : soudainement
il aura fait (fut. antérieur) = il est probable qu'il a fait

sage : raisonnable (il n'avait pas fait d'excès)
n'y tenant plus : ne pouvant plus supporter (l'incertitude)

tapa : frappa
parbleu : (archaïque) évidemment ☐ **vous disais bien** : avais bien raison de vous dire
attrape : prend, est atteint d' ☐ **aura voulu** (fut. antérieur) = a probablement voulu ☐ **prendre l'air** : faire une promenade
poitrine : partie du corps où sont les organes respiratoires
fou(s), m. : insensé (≠ sage)

ceux qui restaient : les autres, le reste

fort(s) : de santé solide

bien des : beaucoup de

atteignent < atteindre : parviennent à, arrivent à

trempé(s) : résistant, énergique

disparurent : moururent

d'une dysenterie et l'autre d'un étouffement. M. Daron s'amusa beaucoup de la mort du premier; et il conclut qu'il avait assurément mangé, la veille, des choses excitantes. « La dysenterie est le mal des imprudents; que diable, vous auriez dû, docteur, veiller sur son hygiène. »

Quant à celui qu'un étouffement avait emporté, cela ne pouvait provenir que d'une maladie de cœur mal observée jusque-là.

Mais un soir le médecin annonça le trépas de Paul Timonet, une sorte de momie dont on espérait bien faire un centenaire-réclame pour la station.

Quand M. Daron demanda, selon sa coutume : « De quoi est-il mort ? » le médecin répondit : « Ma foi, je n'en sais rien.

— Comment, vous n'en savez rien ? On sait toujours. N'avait-il pas quelque lésion organique ? »

Le docteur hocha la tête : « Non, aucune.

— Peut-être quelque affection du foie ou des reins ?

— Non pas, tout cela était sain.

— Avez-vous bien observé si l'estomac fonctionnait régulièrement ? Une attaque provient souvent d'une mauvaise digestion.

— Il n'y a pas eu d'attaque. »

M. Daron, très perplexe, s'agitait :

« Mais voyons : il est mort de quelque chose, enfin ! De quoi, à votre avis ? »

Le médecin leva les bras : « Je n'en sais rien, absolument rien. Il est mort parce qu'il est mort, voilà. »

M. Daron alors, d'une voix émue, demanda :

« Quel âge avait-il donc au juste, celui-là ? je ne me le

étouffement: suffocation, perte de souffle

la veille: le jour précédent
excitant(es): irritant ☐ **le mal** = la maladie
que diable: exclamation qui marque l'impatience ☐ **veiller sur**: être attentif à
quant à: en ce qui concerne ☐ **emporté**: fait mourir vite
provenir... d': avoir pour origine ☐ **maladie de cœur**: maladie cardiaque ☐ **jusque-là**: précédemment
trépas: décès, mort
momie, f.: corps embaumé (la momie du pharaon) ☐ **espérait... faire**: avait confiance... qu'il deviendrait ☐ **station** balnéaire

ma foi: honnêtement, réellement (**foi**: croyance religieuse)

hocha la tête: secoua la tête pour dire non
foie: organe dans l'abdomen ☐ **rein(s), m.**: organe double situé dans le dos ☐ **sain**: en bon état

souvent: fréquemment

mais voyons = réfléchissez donc !
avis, m.: opinion
leva les bras: mit ses bras en l'air (en signe d'abandon)

voilà: c'est tout

au juste: exactement

rappelle plus.

— Quatre-vingt-neuf ans. »

Et le petit vieux, d'un air incrédule et rassuré, s'écria : « Quatre-vingt-neuf ans ! Mais, alors, ce n'est pourtant pas non plus la vieillesse !... »

rassuré : tranquillisé □ **s'écria** : s'exclama

non plus = aussi (dans une phrase négative) □ **la vieillesse** : un très grand âge

Grammaire au fil des nouvelles

Remplissez les blancs avec le mot ou la forme grammaticale qui se trouve dans le texte (le premier chiffre renvoie à la page, le second à la ligne) :

On ... à Rondelis depuis plusieurs siècles des cas de longévité extraordinaire (remarquer, 76. 11).

C'était un petit vieillard de quatre-vingt-six ans, ... prenait une peine infinie à dissimuler son âge (pron. rel., 76. 17).

J'espère, docteur, que nous ... bons amis (devenir, 78. 6).

Quand on s'étonnait qu'il ne ... pas de vin, il répondait : « Je tiens à ma vie » (boire, 78. 13).

Il n'avait jamais considéré les autres hommes que comme des espèces de ... créés pour meubler la nature (marionnettes, 78. 32).

Il ne ... que de ces vieillards avec le médecin qui ... chez lui, chaque jeudi (parler, dîner, 80. 14).

Elle était trop grasse, trop forte ; elle ... manger trop cette femme-là (= je suppose qu'elle mangeait, 80. 28).

Quand j'... son âge, je m'observerai davantage (avoir, 80. 30).

Il n'osait plus interroger, attendant que le médecin ... (parler, 82. 4).

On n'attrape pas une pleurésie sans raison. Il ... prendre l'air après son dîner (vouloir = a probablement voulu, 82. 16).

Les gens qui passent trente ans ont bien des chances pour aller à soixante ; ... qui passent soixante arrivent souvent à quatre-vingts (pron. démonst., 82. 25).

Ce sont les plus robustes, les plus sages, ... trempés (superlatif de bien, 82. 29).

Le médecin annonça le trépas de Paul Timonet, une sorte de momie ... on espérait bien faire un centenaire-réclame (pron. rel., 84. 10).

Quel âge avait-il donc au juste, ... ? (pron. démonst. emphatique, 84. 32).

MENUET

Plusieurs personnes, plus jeunes que l'auteur, l'écoutent dans un silence recueilli raconter un souvenir qui remonte au temps de ses études à Paris : l'histoire d'un couple très âgé rencontré dans un jardin public maintenant démoli. Un long échelonnement d'années, au total plus d'un siècle, se trouve ainsi ramassé autour de quelques instantanés, qui suffisent à la matière d'un conte. Le sentiment de fuite du temps est impressionnant.

Tout en soulignant lui-même l'aspect ridicule de ses réactions et un peu grotesque de ses personnages, Maupassant s'abandonne à la pudeur et à la sensibilité qui lui sont naturelles. Le narrateur avoue : « J'avais envie de rire et besoin de pleurer. » C'est un moyen de nous inviter à pleurer avec lui sur des espèces humaines disparues et de nous rappeler à quel point est vaine la vie et fragile notre humanité.

Menuet est en quelque sorte une version de la Danse des Morts, selon Maupassant : quand les morts sont-ils morts ? où sont-ils allés ? *Errent-ils par les rues modernes comme des exilés sans espoir ?*

Menuet fait partie du recueil *Contes de la bécasse* (1883) et a connu une bonne dizaine de publications du vivant de Maupassant.

À Paul Bourget

Les grands malheurs ne m'attristent guère, dit Jean Bridelle, un vieux garçon qui passait pour sceptique. J'ai vu la guerre de bien près : j'enjambais les corps sans apitoiement. Les fortes brutalités de la nature ou des hommes peuvent nous faire pousser des cris d'horreur ou d'indignation, mais ne nous donnent point ce pincement au cœur, ce frisson qui vous passe dans le dos à la vue de certaines petites choses navrantes.

La plus violente douleur qu'on puisse éprouver, certes, est la perte d'un enfant pour une mère, et la perte de la mère pour un homme. Cela est violent, terrible, cela bouleverse et déchire ; mais on guérit de ces catastrophes comme des larges blessures saignantes. Or, certaines rencontres, certaines choses entr'aperçues, devinées, certains chagrins secrets, certaines perfidies du sort, qui remuent en nous tout un monde douloureux de pensées, qui entrouvrent devant nous brusquement la porte mystérieuse des souffrances morales, compliquées, incurables, d'autant plus profondes qu'elles semblent bénignes, d'autant plus cuisantes qu'elles semblent presque insaisissables, d'autant plus tenaces qu'elles semblent factices, nous laissent à l'âme comme une traînée de tristesse, un goût d'amertume, une sensation de désenchantement dont nous sommes longtemps à nous débarrasser.

J'ai toujours devant les yeux deux ou trois choses que d'autres n'eussent point remarquées assurément, et qui sont entrées en moi comme de longues et minces piqûres inguérissables.

Vous ne comprendriez peut-être pas l'émotion qui

Paul Bourget (1852-1935) est devenu plus tard un auteur très célèbre de romans psychologiques
malheur(s): infortune □ **ne... guère**: ne... pas tellement □ **attristent**: rendent triste, affligé □ **vieux garçon**: homme non marié □ **guerre**: conflit, les combats □ **bien**: très □ **enjambais**: passais par-dessus □ **apitoiement**, m.: compassion
pousser des cris: crier fortement

pincement: contraction □ **frisson**: sensation de froid □ **dos**: arrière du corps □ **à la vue de**: quand on voit □ **navrant(es)**: désolant □ **puisse** < pouvoir, subj. □ **éprouver**: subir, souffrir
perte: (ici) mort, disparition

bouleverse: perturbe □ **déchire**: torture □ **guérit**: se remet
blessure(s): lésion □ **saignant(es)** < sang, liquide rouge du corps □ **entr'aperçu(es)**: vu un instant □ **deviné(es)**: su par intuition □ **sort**: destin
remuent: agitent □ **monde**: (ici) quantité considérable
entrouvrent: ouvrent un tout petit peu

d'autant plus... qu' = encore plus... parce qu' □ **profond(es)**: intense □ **cuisant(es)**: poignant
presque: pas totalement □ **insaisissable(s)**: imperceptible
âme, f.: partie spirituelle de l'homme
traînée: trace □ **goût**: saveur □ **amertume**, f.: morosité

ai... devant les yeux: pense à

long(ues): durable □ **mince(s)**: petit □ certains insectes font des **piqûres** □ **inguérissable(s)** < guérir: incurable

91

m'est restée de ces rapides impressions. Je ne vous en dirai qu'une. Elle est très vieille, mais vive comme d'hier. Il se peut que mon imagination seule ait fait les frais de mon attendrissement.

J'ai cinquante ans. J'étais jeune alors et j'étudiais le droit. Un peu triste, un peu rêveur, imprégné d'une philosophie mélancolique, je n'aimais guère les cafés bruyants, les camarades braillards, ni les filles stupides. Je me levais tôt ; et une de mes plus chères voluptés était de me promener seul, vers huit heures du matin, dans la pépinière du Luxembourg.

Vous ne l'avez pas connue, vous autres, cette pépinière ? C'était comme un jardin oublié de l'autre siècle, un jardin joli comme un doux sourire de vieille. Des haies touffues séparaient les allées étroites et régulières, allées calmes entre deux murs de feuillage taillés avec méthode. Les grands ciseaux du jardinier alignaient sans relâche ces cloisons de branches ; et, de place en place, on rencontrait des parterres de fleurs, des plates-bandes de petits arbres rangés comme des collégiens en promenade, des sociétés de rosiers magnifiques ou des régiments d'arbres à fruits.

Tout un coin de ce ravissant bosquet était habité par les abeilles. Leurs maisons de paille, savamment espacées sur des planches, ouvraient au soleil leurs portes grandes comme l'entrée d'un dé à coudre ; et on rencontrait tout le long des chemins les mouches bourdonnantes et dorées, vraies maîtresses de ce lieu pacifique, vraies promeneuses de ces tranquilles allées en corridors.

Je venais là presque tous les matins. Je m'asseyais sur un banc et je lisais. Parfois je laissais retomber le livre sur mes genoux pour rêver, pour écouter autour de moi

m'est restée : s'est prolongée en moi
dirai : raconterai □ **vive** : présente □ **hier** : (ici) un passé très proche □ **fait les frais** : subi les conséquences
attendrissement : commisération
alors : à ce moment-là (celui de l'histoire qui suit)
droit : sciences juridiques □ **rêveur** : pensif

bruyant(s) < bruit, son □ **braillard(s)** : criard
me levais : sortais du lit □ **tôt** : avant l'heure normale

pépinière : lieu où on reproduit des plantes □ le **Luxembourg** : célèbre parc de Paris □ **vous autres** (qui êtes trop jeunes)
jardin : parc □ **oublié** : laissé sans qu'on le remarque
siècle, m. : 100 ans □ **sourire** : expression de joie □ **vieille femme** □ **haie(s)** : plantes □ **touffu(es)** : dense □ **étroit(es)** ≠ large □ **mur(s), m.** : construction qui sépare (le mur de Berlin)
taillé(s) : coupé □ **ciseaux, pl.** : outil pour couper du papier, du tissu... □ **sans relâche** : continuellement □ **cloison(s), f.** : mur de partition □ **rencontrait** : se trouvait devant
plate(s)-bande(s), f. : alignement bas □ **rangé(s)** : en bon ordre
société(s), f. : (ici) compagnie, bande

coin : petite partie □ **ravissant** : charmant □ **bosquet** : petit bois
abeille(s), f. : insecte qui donne le miel □ **paille, f.** : tiges de céréales séchées □ **planche(s), f.** : long morceau de bois
entrée, f. : ouverture □ **dé à coudre** : objet qui protège le doigt d'une couturière □ **chemin(s), m.** : allée □ **mouche(s)** : insecte □ **bourdonnant(es)** : faisant un bruit continu □ **doré(es)** : couleur de l'or □ **promeneuses** : il s'agit des abeilles
asseyais : installais
banc : siège dans un parc □ **lisais** < lire
rêver : laisser aller mes pensées (l. 6) □ **écouter** : entendre

vivre Paris, et jouir du repos infini de ces charmilles à la mode ancienne.

Mais je m'aperçus bientôt que je n'étais pas seul à fréquenter ce lieu dès l'ouverture des barrières, et je rencontrais parfois, nez à nez, au coin d'un massif, un étrange petit vieillard.

Il portait des souliers à boucles d'argent, une culotte à pont, une redingote tabac d'Espagne, une dentelle en guise de cravate et un invraisemblable chapeau gris à grands bords et à grands poils, qui faisait penser au déluge.

Il était maigre, fort maigre, anguleux, grimaçant et souriant. Ses yeux vifs palpitaient, s'agitaient sous un mouvement continu des paupières ; et il avait toujours à la main une superbe canne à pommeau d'or qui devait être pour lui quelque souvenir magnifique.

Ce bonhomme m'étonna d'abord, puis m'intéressa outre mesure. Et je le guettais à travers les murs de feuilles, je le suivais de loin, m'arrêtant au détour des bosquets pour n'être point vu.

Et voilà qu'un matin, comme il se croyait bien seul, il se mit à faire des mouvements singuliers : quelques petits bonds d'abord, puis une révérence ; puis il battit, de sa jambe grêle, un entrechat encore alerte, puis il commença à pivoter galamment, sautillant, se trémoussant d'une façon drôle, souriant comme devant un public, faisant des grâces, arrondissant les bras, tortillant son pauvre corps de marionnette, adressant dans le vide de légers saluts attendrissants et ridicules. Il dansait !

Je demeurais pétrifié d'étonnement, me demandant lequel des deux était fou, lui, ou moi.

Mais il s'arrêta soudain, s'avança comme font les

jouir: profiter □ **repos**: tranquillité □ **charmille(s),** f.: allée d'arbres taillés en voûte

m'aperçus: découvris □ **bientôt**: peu de temps après

dès: aussitôt après

parfois: quelquefois □ **nez à nez**: tout contre moi □ **massif**: groupe d'arbres □ **vieillard**: homme très âgé

soulier(s), m.: chaussure □ **argent**: métal □ **culotte à pont**: pantalon démodé □ **redingote**: habit □ couleur **tabac**... □ **dentelle**: tissu orné □ **en guise de**: pour □ **invraisemblable**: incroyable □ **bord(s)**: côté □ les **poils** couvrent le corps des animaux □ **déluge**: inondation (de l'époque de l'arche de Noé)

maigre ≠ gros □ **anguleux**: avec un corps osseux

souriant: montrant de la gaieté (avec ses lèvres) □ **vif(s)**: ardent la **paupière** ferme l'œil

canne: bâton pour marcher □ **pommeau,** m.: bout de la canne en forme de globe □ **d'or**: en métal jaune précieux

bonhomme: individu sympathique □ **étonna**: surprit □ **d'abord**: au début □ **outre mesure**: excessivement □ **guettais**: observais les **feuilles** tombent à l'automne □ **suivais**: allais derrière □ **m'arrêtant**: faisant halte □ **détour**: tournant

voilà qu': il arriva qu' □ **se croyait**: pensait qu'il était

se mit: commença

bond(s): saut □ **révérence**: inclination courtoise □ **battit ... un entrechat**: fit une figure de ballet □ **grêle**: longue et fragile

galamment: avec élégance □ **sautillant**: faisant de petits sauts

se trémoussant: s'agitant en tous sens □ **drôle**: amusante

arrondissant: mettant en cercle □ **tortillant**: ondulant

le vide: espace où il n'y a rien

salut(s): salutation □ **attendrissant(s)**: touchant

demeurais: restais longtemps □ **me demandant**: m'interrogeant pour savoir □ **fou**: insensé

acteurs sur la scène, puis s'inclina en reculant avec des sourires gracieux et des baisers de comédienne qu'il jetait de sa main tremblante aux deux rangées d'arbres taillés.

Et il reprit avec gravité sa promenade.

À partir de ce jour, je ne le perdis plus de vue ; et, chaque matin, il recommençait son exercice invraisemblable.

Une envie folle me prit de lui parler. Je me risquai, et, l'ayant salué, je lui dis :

« Il fait bien bon aujourd'hui, monsieur. »

Il s'inclina.

« Oui, monsieur, c'est un vrai temps de jadis. »

Huit jours après, nous étions amis, et je connus son histoire. Il avait été maître de danse à l'Opéra, du temps du roi Louis XV. Sa belle canne était un cadeau du comte de Clermont. Et, quand on lui parlait de danse, il ne s'arrêtait plus de bavarder.

Or, voilà qu'un jour il me confia :

« J'ai épousé la Castris, monsieur. Je vous présenterai si vous voulez, mais elle ne vient ici que sur le tantôt. Ce jardin, voyez-vous, c'est notre plaisir et notre vie. C'est tout ce qui nous reste d'autrefois. Il nous semble que nous ne pourrions plus exister si nous ne l'avions point. Cela est vieux et distingué, n'est-ce pas ? Je crois y respirer un air qui n'a point changé depuis ma jeunesse. Ma femme et moi, nous y passons toutes nos après-midi. Mais, moi, j'y viens dès le matin, car je me lève de bonne heure. »

Dès que j'eus fini de déjeuner, je retournai au

scène: partie du théâtre où on joue □ **reculant**: marchant en arrière □ **baisers... qu'il jetait**: il envoyait des baisers avec ses mains □ **rangée(s), f.**: ligne

ne le perdis plus de vue: le vis constamment

me prit: me saisit soudain
l'ayant salué: lui ayant dit bonjour
il fait... bon: le temps est agréable
s'inclina: (ici) fit un signe de tête
de jadis: du passé
connus < connaître: appris

Louis XV: 1710-1774, roi depuis 1715 □ **cadeau**: présent
comte de Clermont: 1709-1771
bavarder: parler beaucoup
confia: fit des confidences
la Castris: nom fictif; **la** évoque une célébrité exceptionnelle
sur le tantôt: l'après-midi

d'autrefois: du temps passé

jeunesse ≠ vieillesse

me lève: sors du lit
de bonne heure: tôt

dès que: aussitôt que □ **déjeuner**: prendre mon repas de midi

97

Luxembourg, et bientôt j'aperçus mon ami qui donnait le bras avec cérémonie à une toute vieille petite femme vêtue de noir, et à qui je fus présenté. C'était la Castris, la grande danseuse aimée des princes, aimée du roi, aimée de tout ce siècle galant qui semble avoir laissé dans le monde une odeur d'amour.

Nous nous assîmes sur un banc de pierre. C'était au mois de mai. Un parfum de fleurs voltigeait dans les allées proprettes ; un bon soleil glissait entre les feuilles et semait sur nous de larges gouttes de lumière. La robe noire de la Castris semblait toute mouillée de clarté.

Le jardin était vide. On entendait au loin rouler des fiacres.

« Expliquez-moi donc, dis-je au vieux danseur, ce que c'était que le menuet ? »

Il tressaillit.

« Le menuet, monsieur, c'est la reine des danses, et la danse des reines, entendez-vous ? Depuis qu'il n'y a plus de rois, il n'y a plus de menuet. »

Et il commença, en style pompeux, un long éloge dithyrambique auquel je ne compris rien. Je voulus me faire décrire les pas, tous les mouvements, les poses. Il s'embrouillait, s'exaspérant de son impuissance, nerveux et désolé.

Et soudain, se tournant vers son antique compagne, toujours silencieuse et grave :

« Élise, veux-tu, dis, veux-tu, tu seras bien gentille, veux-tu que nous montrions à Monsieur ce que c'était ? »

Elle tourna ses yeux inquiets de tous les côtés, puis se leva sans dire un mot et vint se placer en face de lui.

Alors je vis une chose inoubliable.

vêtu(e) : habillé

dans le monde : sur la terre
pierre, f. : matière naturelle très dure
mois : 30 jours □ **voltigeait** : flottait
propret(tes) : propre et joli □ **glissait** : filtrait
semait : répandait □ **goutte(s),** f. : petite quantité liquide
mouillé(e) : saturé □ **clarté,** f. : lumière
vide : sans personne
fiacre(s), m. : voiture à cheval
expliquez-moi : dites-moi avec précision
menuet : danse et air de musique
tressaillit : eut une réaction assez vive
reine : f. de roi
entendez-vous? : comprenez-vous?

éloge : panégyrique, louange
voulus : désirai
décrire : donner un exemple des □ **pas,** m. : mouvement des jambes □ **s'embrouillait** : faisait des confusions □ **impuissance,** f. : incapacité □ **désolé** : affligé

gentil(le) : aimable
montrions : fassions voir

se leva : se mit debout □ **en face de** : devant
inoubliable < oublier : qui ne peut pas sortir de la mémoire

Ils allaient et venaient avec des simagrées enfantines, se souriaient, se balançaient, s'inclinaient, sautillaient pareils à deux vieilles poupées qu'aurait fait danser une mécanique ancienne, un peu brisée, construite jadis par un ouvrier fort habile, suivant la manière de son temps.

Et je les regardais, le cœur troublé de sensations extraordinaires, l'âme émue d'une indicible mélancolie. Il me semblait voir une apparition lamentable et comique, l'ombre démodée d'un siècle. J'avais envie de rire et besoin de pleurer.

Tout à coup ils s'arrêtèrent, ils avaient terminé les figures de la danse. Pendant quelques secondes, ils restèrent debout l'un devant l'autre, grimaçant d'une façon surprenante ; puis ils s'embrassèrent en sanglotant.

Je partais, trois jours après, pour la province. Je ne les ai point revus. Quand je revins à Paris, deux ans plus tard, on avait détruit la pépinière. Que sont-ils devenus sans le cher jardin d'autrefois, avec ses chemins en labyrinthe, son odeur du passé et les détours gracieux des charmilles ?

Sont-ils morts ? Errent-ils par les rues modernes comme des exilés sans espoir ? Dansent-ils, spectres falots, un menuet fantastique entre les cyprès d'un cimetière, le long des sentiers bordés de tombes, au clair de lune ?

Leur souvenir me hante, m'obsède, me torture, demeure en moi comme une blessure. Pourquoi ? Je n'en sais rien.

Vous trouverez cela ridicule, sans doute ?

simagrées, pl. : mimiques, manières affectées

pareil(s) : ressemblant □ **poupée(s)** : jouet de fille
mécanique... construite : mécanisme... fabriqué □ **brisé** : cassé
ouvrier : artisan □ **habile** : ingénieux □ **suivant...** : à la manière

indicible : impossible à exprimer

ombre : spectre □ **démodé(e)** : qui appartient au passé
besoin, m. : la nécessité
tout à coup : soudain

façon : manière □ **s'embrassèrent** : se donnèrent des baisers □
sanglotant : pleurant avec des spasmes

partais = partis ; emploi rare de l'imparfait avec effet de style :
(alors qu'ils étaient encore là....,) **je partais, trois jours après...**
détruit : démoli

errent : vont çà et là
sans espoir : désespérés
falot(s) : pâle
sentier(s) : petit chemin □ **bordé(s) de** : ayant sur leurs côtés des □
clair de lune : lumière de la lune

sans doute : probablement

Grammaire au fil des nouvelles

Remplissez les blancs avec le mot ou la forme grammaticale qui se trouve dans le texte (le premier chiffre renvoie à la page, le second à la ligne) :

Jean Bridelle était un vieux garçon qui passait ... sceptique (prép., 90. 4).

La plus violente douleur qu'on ... éprouver est la perte d'un enfant (pouvoir, 90. 11).

Les souffrances morales nous laissent à l'âme une sensation de désenchantement ... nous sommes longtemps à nous débarrasser (pron. rel., 90. 20).

J'ai toujours devant les yeux deux ou trois choses que d'autres n'eussent point ... assurément (remarquer, 90. 28).

Tout un coin de ce ravissant bosquet était habité par les ... (insectes qui donnent le miel, 92. 23).

Je ... là presque tous les matins. Je ... sur un banc et je ... (venir, s'asseoir, lire, 92. 30).

Il avait toujours à la main une superbe canne qui ... être pour lui quelque souvenir magnifique (= je suppose qu'elle était, 94. 14).

Une envie folle me ... de lui parler. Je ..., et, l'..., je lui ... : « Il fait bien bon aujourd'hui » (prendre, se risquer, saluer, dire, 96. 10).

Il nous semble que nous ne ... plus exister si nous n'avions point ce jardin (pouvoir, 96. 24).

Dès que j'... de déjeuner, je retournai au Luxembourg (finir, 96. 32).

Depuis qu'il n'y ... plus de rois, il n'y a plus de menuet (avoir, 98. 18).

Élise, veux-tu que nous ... à Monsieur ce qu'était le menuet ? (montrer, 98. 28).

Que sont-ils ... sans le cher jardin d'autrefois ? (devenir, 100. 20).

LE PAIN MAUDIT

Le récit de Maupassant emprunte son titre à une de ces chansons « humanitaires » qui florissaient à l'époque (c'est en 1871, par exemple, qu'Eugène Pottier a écrit les paroles de *L'Internationale*, qui « sauvera le genre humain »), comme aujourd'hui fleurit encore la chanson contestataire. L'histoire est développée autour d'un banquet de noce, où le marié entonne *Le Pain maudit*.

Il en résulte une critique singulièrement acerbe de la morale en cours dans l'opinion populaire et des préjugés petits-bourgeois de la société. Mais l'intention de Maupassant dépasse le plan satirique. Outre le titre, évidemment antonyme du pain béni de la Cène, on peut relever quelques indices épars, comme la mère qui invite son fils à se manifester au banquet, les douze convives ou les douze verres de vin disposés « en couronne » et songer à un rappel, par connotations successives, de ce que devrait être la vraie charité chrétienne.

Le contraste entre le personnage d'Anna, la fille perdue, qui se montre si généreuse et l'égoïsme veule des autres personnages est assez éloquent en lui-même pour que Maupassant les abandonne tous en plein festin et en pleine chanson, laissant une fois de plus au lecteur le soin de conclure.

Le Pain maudit est une des quinze nouvelles du recueil *Les Sœurs Rondoli* (1884).

I

Le père Taille avait trois filles. Anna, l'aînée, dont on ne parlait guère dans la famille, Rose la cadette âgée maintenant de dix-huit ans, et Claire, la dernière, encore gosse, qui venait de prendre son quinzième printemps.

Le père Taille, veuf aujourd'hui, était maître mécanicien dans la fabrique de boutons de M. Lebrument. C'était un brave homme, très considéré, très droit, très sobre, une sorte d'ouvrier modèle. Il habitait rue d'Angoulême, au Havre.

Quand Anna avait pris la clef des champs, comme on dit, le vieux était entré dans une colère épouvantable; il avait menacé de tuer le séducteur, un blanc-bec, un chef de rayon d'un grand magasin de nouveautés de la ville. Puis, on lui avait dit de divers côtés que la petite se rangeait, qu'elle mettait de l'argent sur l'État, qu'elle ne courait pas, liée maintenant avec un homme d'âge, un juge au tribunal de commerce, M. Dubois; et le père s'était calmé.

Il s'inquiétait même de ce qu'elle faisait; demandait des renseignements sur sa maison à ses anciennes camarades qui avaient été la revoir; et quand on lui affirmait qu'elle était dans ses meubles et qu'elle avait un tas de vases de couleur sur ses cheminées, des tableaux peints sur les murs, des pendules dorées et des tapis partout, un petit sourire content lui glissait sur les lèvres. Depuis trente ans il travaillait, lui, pour amasser cinq ou six pauvres mille francs! La fillette n'était pas bête, après tout!

le père T...: désigne un chef de famille □ **aîné(e)**: premier des enfants □ **cadet(te)**: enfant plus jeune qu'un ou plusieurs autres de la même famille

gosse, m. et f.: enfant (fam.) □ **venait de... printemps**: avait tout juste eu 15 ans □ **veuf**: sa femme était morte

fabrique: manufacture □ **bouton(s), m.**: objet qui sert à fermer un vêtement □ **brave**: de bon tempérament □ **droit**: honnête **ouvrier, m.**: travailleur manuel

Le Havre: port sur la Manche

avait pris la clef des champs: était partie pour être libre

colère: furie □ **épouvantable**: terrible

tuer: assassiner □ **blanc-bec**: (fam.) jeune homme (sans barbe)

rayon, m.: département □ **magasin de nouveautés**: on y vend linges et draperies □ **se rangeait**: vivait à nouveau décemment

mettait... sur l'État: investissait en bons du gouvernement

courait: avait des amants □ **lié(e)**: vivant maritalement

tribunal: cour de justice

s'inquiétait... de: était préoccupé... par

renseignement(s), m.: information

camarades (de classe)

était dans ses meubles: tout lui appartenait (même la maison)

un tas: une grande quantité □ (manteaux de) **cheminées**

une pièce a 4 **murs** □ une **pendule** donne l'heure □ **doré(es)**: couleur de l'or □ **tapis, m.**: carpette □ **glissait**: venait malgré lui □ **les lèvres** entourent la bouche □ **travaillait**: gagnait durement sa vie □ **pauvre(s)**: misérable □ **pas bête**: très intelligente

Or, voilà qu'un matin, le fils Touchard, dont le père était tonnelier au bout de la rue, vint lui demander la main de Rose, la seconde. Le cœur du vieux se mit à battre. Les Touchard étaient riches et bien posés ; il avait décidément de la chance dans ses filles.

La noce fut décidée ; et on résolut qu'on la ferait d'importance. Elle aurait lieu à Sainte-Adresse, au restaurant de la mère Jusa. Cela coûterait bon, par exemple, ma foi tant pis, une fois n'était pas coutume.

Mais un matin, comme le vieux était rentré au logis pour déjeuner, au moment où il se mettait à table avec ses deux filles, la porte s'ouvrit brusquement et Anna parut. Elle avait une toilette brillante, et des bagues, et un chapeau à plumes. Elle était gentille comme un cœur avec tout ça. Elle sauta au cou du père, qui n'eut pas le temps de dire « ouf », puis elle tomba en pleurant dans les bras de ses deux sœurs, puis elle s'assit en s'essuyant les yeux et demanda une assiette pour manger la soupe avec la famille. Cette fois, le père Taille fut attendri jusqu'aux larmes à son tour, et il répéta à plusieurs reprises : « C'est bien, ça, petite, c'est bien, c'est bien. » Alors, elle dit tout de suite son affaire. — Elle ne voulait pas qu'on fît la noce de Rose à Sainte-Adresse, elle ne voulait pas, ah mais non. On la ferait chez elle, donc, cette noce, et ça ne coûterait rien au père. Ses dispositions étaient prises, tout arrangé, tout réglé ; elle se chargerait de tout, voilà !

Le vieux répéta : « Ça, c'est bien, petite, c'est bien. » Mais un scrupule lui vint. Les Touchard consentiraient-ils ? Rose, la fiancée, surprise, demanda : « Pourquoi qu'ils ne voudraient pas, donc ? Laisse faire, je m'en charge, je vais en parler à Philippe, moi. »

or, voilà qu'un...: c'est le début de l'anecdote
tonnelier < tonneau (on y garde le vin) □ **bout**: extrémité □ **lui demander la main de Rose**: le prier de lui donner Rose en mariage □ **battre**: palpiter d'émotion □ **bien posé(s)**: sérieux □ **avait... de la chance dans**: réussissait bien avec
noce: cérémonie du mariage □ **résolut**: décida **d'importance**: considérable □ **aurait lieu**: se ferait □ **Sainte-Adresse**: petite ville à côté du Havre □ **bon**: (ici) beaucoup □ **par exemple**: bien sûr □ **ma foi**: mais vraiment □ **tant pis**: peu importe □ **coutume, f.**: habitude □ **au logis**: chez lui
déjeuner: prendre son repas de midi

parut: apparut □ **toilette**: ensemble vestimentaire □ **bague(s), f.**: bijou sur le doigt □ **à plumes** (d'autruche) □ **gentille comme un cœur**: adorable □ **sauta au cou**: se précipita pour embrasser « **ouf** »: un seul mot □ **tomba**: se jeta □ **pleurant**: versant des larmes □ **bras, m.**: membre supérieur □ **s'essuyant**: se séchant

attendri: pris d'émotion
à son tour: lui aussi □ **à plusieurs reprises**: plusieurs fois

dit... son affaire: expliqua pourquoi elle était venue □ **tout de suite**: immédiatement
chez elle: à sa maison

réglé: fixé dans les moindres détails
se chargerait: s'occuperait

pourquoi qu'ils... = pourquoi ne voudraient-ils pas? (fam. et incorrect)

Elle en parla à son prétendu, en effet le jour même ; et Philippe déclara que ça lui allait parfaitement. Le père et la mère Touchard furent aussi ravis de faire un bon dîner qui ne coûterait rien. Et ils disaient : « Ça sera bien, pour sûr, vu que M. Dubois roule sur l'or. »

Alors ils demandèrent la permission d'inviter une amie, Mlle Florence, la cuisinière des gens du premier. Anna consentit à tout.

Le mariage était fixé au dernier mardi du mois.

II

Après la formalité de la mairie et de la cérémonie religieuse, la noce se dirigea vers la maison d'Anna. Les Taille avaient amené, de leur côté, un cousin d'âge, M. Sauvetanin, homme à réflexions philosophiques, cérémonieux et compassé, dont on attendait l'héritage, et une vieille tante, Mme Lamondois.

M. Sauvetanin avait été désigné pour offrir son bras à Anna. On les avait accouplés, les jugeant les deux personnes les plus importantes et les plus distinguées de la société.

Dès qu'on arriva devant la porte d'Anna, elle quitta immédiatement son cavalier et courut en avant en déclarant : « Je vais vous montrer le chemin. »

Elle monta, en courant, l'escalier, tandis que la procession des invités suivait plus lentement.

Dès que la jeune fille eut ouvert son logis, elle se rangea pour laisser passer le monde qui défilait devant elle en roulant des grands yeux et en tournant la tête de tous les côtés pour voir ce luxe mystérieux.

prétendu, m. : futur époux □ **en effet** : en fait
ça lui allait : cela lui convenait
ravi(s) : enchanté
qui ne coûterait rien : pour lequel ils ne payeraient rien
vu que : étant donné que □ **roule sur l'or** : est immensément riche
cuisinière : femme qui fait les repas □ **gens du premier** : les personnes qui habitent au premier étage (de la même maison)

mairie : hôtel de ville (pour le mariage civil)
noce : (ici) le cortège des participants □ **se dirigea** : marcha
amené : fait venir

compassé : exagérément poli et raide □ **attendait** : espérait

accouplé(s) : mis ensemble pour former un couple

dès qu' : aussitôt qu' □ **la porte** (du jardin)
cavalier : partenaire □ **courut** : se précipita
montrer le chemin : faire voir l'accès
escalier (extérieur) qui monte à la porte d'entrée □ **tandis que** : pendant que □ **suivait** : venait derrière

se rangea : se mit contre la porte
roulant de grands yeux : regardant avec stupéfaction

La table était mise dans le salon, la salle à manger ayant été jugée trop petite. Un restaurateur voisin avait loué les couverts, et les carafes pleines de vin luisaient sous un rayon de soleil qui tombait d'une fenêtre.

Les dames pénétrèrent dans la chambre à coucher pour se débarrasser de leurs châles et de leurs coiffures, et le père Touchard, debout sur la porte, clignait de l'œil vers le lit bas et large, et faisait aux hommes des petits signes farceurs et bienveillants. Le père Taille, très digne, regardait avec un orgueil intime l'ameublement somptueux de son enfant, et il allait de pièce en pièce, tenant toujours à la main son chapeau, inventoriant les objets d'un regard, marchant à la façon d'un sacristain dans une église.

Anna allait, venait, courait, donnait des ordres, hâtait le repas.

Enfin, elle apparut sur le seuil de la salle à manger démeublée, en criant : « Venez tous par ici une minute. » Les douze invités se précipitèrent et aperçurent douze verres de madère en couronne sur un guéridon.

Rose et son mari se tenaient par la taille, s'embrassaient déjà dans les coins. M. Sauvetanin ne quittait pas Anna de l'œil, poursuivi sans doute par cette ardeur, par cette attente qui remuent les hommes, même vieux et laids, auprès des femmes galantes, comme si elles devaient par métier, par obligation professionnelle, un peu d'elles à tous les mâles.

Puis on se mit à table, et le repas commença. Les parents occupaient un bout, les jeunes gens tout l'autre bout. Mme Touchard la mère présidait à droite, la jeune mariée présidait à gauche. Anna s'occupait de tous et de chacun, veillait à ce que les verres fussent toujours pleins

mis(e): préparé et dressé
voisin: habitant à côté □ **avait loué**: ... fourni contre argent
les couverts: couteaux, cuillères, fourchettes □ **carafe(s)**: vase transparent □ **luisaient**: brillaient □ **rayon**: léger trait de lumière □ **tombait**: descendait
se débarrasser de: déposer □ **châle(s), m.**: étole □ **coiffure, f.**: chapeau □ **clignait de l'œil**: faisait un signe de l'œil

farceur(s): facétieux □ **bienveillant(s)**: indulgent
orgueil: fierté, satisfaction □ **ameublement, m.**: ensemble des meubles

regard: action de regarder
église: temple chrétien
hâtait le: faisait avancer les préparatifs du

seuil: limite marquée par la porte
démeublé(e): vide de ses meubles □ **par ici**: de ce côté
aperçurent: découvrirent
vin de Madère □ **en couronne**: disposés en cercle □ **guéridon**: petite table ronde □ **taille**: milieu du corps □ **s'embrassaient**: se donnaient des baisers □ **dans les coins**: ... endroits un peu isolés □ **poursuivi**: obsédé, hanté
attente: espoir □ **remuent**: agitent
laid(s) ≠ beau □ **auprès**: près □ **femme(s) galante(s)**: courtisane
métier, m.: profession

les jeunes gens: (ici) les mariés

s'occupait: prenait soin
veillait: faisait attention □ **fussent** < être, subj. imparfait

et les assiettes toujours garnies. Une certaine gêne respectueuse, une certaine intimidation devant la richesse du logis et la solennité du service paralysaient les convives. On mangeait bien, on mangeait bon, mais on ne rigolait pas comme on doit rigoler dans les noces. On se sentait dans une atmosphère trop distinguée, cela gênait. Mme Touchard, la mère, qui aimait rire, tâchait d'animer la situation ; et, comme on arrivait au dessert, elle cria : « Dis donc, Philippe, chante-nous quelque chose. » Son fils passait dans sa rue pour posséder une des plus jolies voix du Havre.

Le marié aussitôt se leva, sourit, et se tournant vers sa belle-sœur, par politesse et par galanterie, il chercha quelque chose de circonstance, de grave, de comme il faut, qu'il jugeait en harmonie avec le sérieux du dîner.

Anna prit un air content et se renversa sur sa chaise pour écouter. Tous les visages devinrent attentifs et vaguement souriants.

Le chanteur annonça « Le Pain maudit » et arrondissant le bras droit, ce qui fit remonter son habit dans son cou, il commença :

Il est un pain béni qu'à la terre économe
Il nous faut arracher d'un bras victorieux.
C'est le pain du travail, celui que l'honnête homme,
Le soir, à ses enfants, apporte tout joyeux.
Mais il en est un autre, à mine tentatrice,
Pain maudit que l'Enfer pour nous damner sema. (bis)
Enfants, n'y touchez pas, car c'est le pain du vice!
Chers enfants, gardez-vous de toucher ce pain-là!
(bis)

garni(es) : rempli □ **gêne** : embarras

service (de table) : couverts, vaisselle, manière d'être servi...
convive(s), m., f. : personne qui mange avec une autre
rigolait : (fam.) s'amusait, riait franchement
se sentait : était conscient d'être
tâchait d' : faisait des efforts pour
animer : donner de l'animation à □ **comme** : au moment où

passait... pour : avait la réputation de

aussitôt : immédiatement □ **se leva** : se mit debout □ **sourit** : eut une marque de joie sur les lèvres □ **belle-sœur** : sœur de sa femme □ **chercha** : essaya de trouver □ **comme il faut** : convenable

se renversa : s'appuya en arrière
écouter : entendre
souriant(s) < sourire : joyeux
maudit : qui a reçu une malédiction (≠ béni) □ **arrondissant** : levant et incurvant □ **habit** : costume (de marié)
cou : partie du corps sous la tête

il est = il y a □ **béni** : qui a reçu une bénédiction □ **économe** ≠ généreux □ **arracher** : prendre de force
travail : labeur
apporte : porte pour le donner (**à ses enfants**)
à : avec une □ **mine** : aspect □ **tentatrice** : séductrice
Enfer, m. ≠ Paradis □ **sema** : propagea

gardez-vous...! : faites bien attention à ne pas...!

Toute la table applaudit avec frénésie. Le père Touchard déclara : « Ça c'est tapé. » La cuisinière invitée tourna dans sa main un croûton qu'elle regardait avec attendrissement. M. Sauvetanin murmura : « Très bien ! » Et la tante Lamondois s'essuyait déjà les yeux avec sa serviette.

Le marié annonça : « Deuxième couplet », et le lança avec une énergie croissante :

10 *Respect au malheureux qui, tout brisé par l'âge,*
Nous implore en passant sur le bord du chemin,
Mais flétrissons celui qui, désertant l'ouvrage,
Alerte et bien portant, ose tendre la main.
Mendier sans besoin, c'est voler la vieillesse,
C'est voler l'ouvrier que le travail courba. (bis)
Honte à celui qui vit du pain de la paresse,
Chers enfants, gardez-vous de toucher ce pain-là !
(bis)

20 Tous, même les deux servants restés debout contre les murs, hurlèrent en chœur le refrain. Les voix fausses et pointues des femmes faisaient détonner les voix grasses des hommes.

La tante et la mariée pleuraient tout à fait. Le père Taille se mouchait avec un bruit de trombone, et le père Touchard affolé brandissait un pain tout entier jusqu'au milieu de la table. La cuisinière amie laissait tomber des larmes muettes sur son croûton qu'elle tourmentait toujours.

30 M. Sauvetanin prononça au milieu de l'émotion générale : « Voilà des choses saines, bien différentes des gaudrioles. » Anna, troublée aussi, envoyait des baisers à

tapé: (ici) fermement exprimé
croûton: bout du pain

couplet, m.: strophe d'une chanson ☐ **lança**: commença
croissante < croître: de plus en plus grande

respect au: ayons du respect pour le ☐ **malheureux**: pauvre ☐
brisé: cassé, diminué ☐ **chemin**: petite route
flétrissons: blâmons ☐ **ouvrage**, m.: tâche, travail
bien portant: en bonne santé ☐ **ose**: a l'audace de ☐ **tendre**:
présenter ☐ **mendier**: implorer ☐ **besoin**, m.: nécessité ☐ **voler**:
déposséder ☐ **vieillesse** ≠ jeunesse ☐ **courba**: fit pencher
honte à...: honni soit... ☐ **vit** < vivre: se nourrit ☐ **paresse**:
refus de travailler

resté(s) = toujours
hurlèrent: chantèrent très fort ☐ **fausse(s)**: pas juste de ton
pointu(es): perçant ☐ **détonner**: chanter faux ☐ **gras(ses)**: grave

se mouchait: dégageait son nez
affolé: transporté ☐ **jusqu'au**: aussi loin que le

muet(tes): silencieux ☐ **tourmentait**: agitait vivement

sain(es): propre, moral
gaudrioles, f. pl.: conversations gaies ☐ **envoyait des baisers...**:

sa sœur et lui montrait d'un signe amical son mari, comme pour la féliciter.

Le jeune homme, grisé par le succès, reprit :

Dans ton simple réduit, ouvrière gentille,
Tu sembles écouter la voix du tentateur !
Pauvre enfant, va, crois-moi, ne quitte pas l'aiguille.
Tes parents n'ont que toi, toi seule est leur bonheur.
Dans un luxe honteux trouveras-tu des charmes
Lorsque, te maudissant, ton père expirera ? (bis)
Le pain du déshonneur se pétrit dans les larmes.
Chers enfants, gardez-vous de toucher ce pain-là !
(bis)

Seuls les deux servants et le père Touchard reprirent le refrain. Anna, toute pâle, avait baissé les yeux. Le marié, interdit, regardait autour de lui sans comprendre la cause de ce froid subit. La cuisinière avait soudain lâché son croûton comme s'il était devenu empoisonné.

M. Sauvetanin déclara gravement, pour sauver la situation : « Le dernier couplet est de trop. » Le père Taille, rouge jusqu'aux oreilles, roulait des regards féroces autour de lui.

Alors, Anna, qui avait les yeux pleins de larmes dit aux valets d'une voix mouillée, d'une voix de femme qui pleure : « Apportez le champagne. »

Aussitôt une joie secoua les invités. Les visages redevinrent radieux. Et comme le père Touchard, qui n'avait rien vu, rien senti, rien compris, brandissait toujours son pain et chantait tout seul, en le montrant aux convives :

adressait des baisers avec les mains □ **montrait** : désignait
féliciter : congratuler
grisé : enivré, exalté □ **reprit** : continua

réduit : tout petit logement
(le) **tentateur** (f. tentatrice, 112. 28) : le diable
aiguille : objet métallique fin qui sert à faire de la couture
bonheur, m. : joie de vivre
honteux : détestable
maudissant : donnant sa malédiction
se pétrit : est fait, travaillé avec les mains

reprirent : chantèrent à nouveau en chœur
baissé les yeux : regardé vers le bas
interdit : déconcerté
froid : absence de cordialité □ **subit** : venu d'un coup □ **lâché** : laissé tomber

de trop : superflu
on entend avec ses 2 **oreilles**

valet(s), m. : servant □ **mouillé(e)** : rempli d'eau

secoua : agita
redevinrent : devinrent à nouveau □ **radieux** : gai
senti : saisi intuitivement
montrant : faisant voir

Chers enfants, gardez-vous de toucher ce pain-là,

toute la noce, électrisée en voyant apparaître les bouteilles coiffées d'argent, reprit avec un bruit de tonnerre :

Chers enfants, gardez-vous de toucher ce pain-là !

coiffé(es) : couronné
tonnerre, m. : fracas du ciel pendant l'orage

Grammaire au fil des nouvelles

Remplissez les blancs avec le mot ou la forme grammaticale qui se trouve dans le texte (le premier chiffre renvoie à la page, le second à la ligne) :

Depuis trente ans il ..., lui, pour amasser cinq ou six pauvres mille francs ! La fillette n'était pas bête ! (travailler, 104. 30)

Le fils Touchard, ... le père était tonnelier, vint lui demander la main de Rose (pron. rel., 106. 1).

Au moment où le vieux ... à table avec ses deux filles, la porte ... brusquement et Anna ... (se mettre, s'ouvrir, paraître, 106. 11).

Anna ne voulait pas qu'on ... la noce de Rose à Sainte-Adresse (faire, 106. 22).

Mais un scrupule vint au père Taille. Les Touchard ...-ils ? (consentir, 106. 29).

Dès que la jeune fille ... son logis, elle ... pour laisser passer le monde qui ... devant elle (ouvrir, se ranger, défiler, 108. 29).

Le père Taille allait ... pièce ... pièce, tenant toujours ... la main son chapeau (prépositions, 110. 9).

Anna veillait à ce que les verres ... toujours pleins (être, 110. 31).

Son fils passait dans sa rue ... posséder une des plus jolies voix du Havre (prép., 112. 10).

Le chanteur annonça « Le Pain maudit » en arrondissant le bras droit, ... fit remonter son habit dans son cou (pron. démonst. + rel., 112. 20).

Le marié annonça : « Deuxième ... », et le lança avec une énergie croissante (strophe d'une chanson, 114. 7).

Mendier sans besoin, c'est voler l'ouvrier ... le travail courba (pron. rel., 114. 14).

Honte à ... qui vit du pain de la paresse (pron. démonst., 114. 16).

ROSALIE PRUDENT

Il y a d'autres exemples, chez Maupassant, où la nouvelle prend la forme d'une chronique judiciaire, comme en publiaient les journaux. Il y a aussi d'autres exemples où Maupassant s'intéresse à l'infanticide, toujours difficile à comprendre.

Mais l'originalité de *Rosalie Prudent* est certaine et tient à deux choses. D'abord, le narrateur, après avoir résumé l'affaire, va laisser entièrement la parole à l'accusée, sauf pour indiquer en deux lignes la fin du procès et la sentence. Ensuite, Rosalie au tribunal ne cherche ni à se défendre ni à rejeter ses torts sur autrui, et pourtant ce qu'elle dit est accablant pour la société. Si une femme est réduite à supporter seule tant de misères, sans avoir la possibilité de demander de l'aide pour faire face aux coups du sort, qui en porte la responsabilité?

Afin de mieux faire sentir que la question sociale posée par cette histoire de pauvre domestique est peut-être plus réelle que la question de justice, Maupassant laisse donc Rosalie s'exprimer dans son langage maladroit et parfois incorrect, comme s'il n'osait y toucher.

Rosalie Prudent est une des dix nouvelles du recueil *La Petite Roque* (1886).

Il y avait vraiment dans cette affaire un mystère que ni les jurés, ni le président, ni le procureur de la République lui-même ne parvenaient à comprendre.

La fille Prudent (Rosalie), bonne chez les époux Varambot, de Mantes, devenue grosse à l'insu de ses maîtres, avait accouché, pendant la nuit, dans sa mansarde, puis tué et enterré son enfant dans le jardin.

C'était là l'histoire courante de tous les infanticides accomplis par les servantes. Mais un fait demeurait inexplicable. La perquisition opérée dans la chambre de la fille Prudent avait amené la découverte d'un trousseau complet d'enfant, fait par Rosalie elle-même, qui avait passé ses nuits à le couper et à le coudre pendant trois mois. L'épicier chez qui elle avait acheté de la chandelle, payée sur ses gages, pour ce long travail, était venu témoigner. De plus, il demeurait acquis que la sage-femme du pays, prévenue par elle de son état, lui avait donné tous les renseignements et tous les conseils pratiques pour le cas où l'accident arriverait dans un moment où les secours demeureraient impossibles. Elle avait cherché en outre une place à Poissy pour la fille Prudent qui prévoyait son renvoi, car les époux Varambot ne plaisantaient pas sur la morale.

Ils étaient là, assistant aux assises, l'homme et la femme, petits rentiers de province, exaspérés contre cettre traînée qui avait souillé leur maison. Ils auraient voulu la voir guillotiner tout de suite, sans jugement, et ils l'accablaient de dépositions haineuses devenues dans leur bouche des accusations.

La coupable, une belle grande fille de Basse-Normandie, assez instruite pour son état, pleurait sans

vraiment: réellement

juré, m.: membre du jury □ **président**: juge □ **procureur de la République**: magistrat chargé de l'accusation □ **parvenaient**: arrivaient □ **bonne**: servante □ **les époux**, m. pl.: le couple **Mantes**: ville au N.-O. de Paris □ **grosse**: future mère □ **à l'insu de...**: ses maîtres n'en ont rien su □ **accouché**: mis au monde □ **mansarde**: chambre sous un toit □ **tué**: fait mourir □ **enterré**: mis en terre □ **jardin**: petit parc autour de la maison □ **courant(e)**: banal

demeurait: était toujours

perquisition: recherche légalement autorisée

amené: eu pour conséquence

couper: tailler □ **coudre**: faire de la couture avec du fil et une aiguille □ **épicier**, m.: marchand □ **la chandelle** donne de la lumière □ **sur ses gages**, m. pl.: avec son salaire

témoigner: faire sa déposition □ **acquis**: incontestable □ **sage-femme**: femme aidant à accoucher □ **pays**: région □ **prévenu(e)**: informé par avance □ **renseignement(s)**: information □ **accident**, m.: événement

secours, m.: aide

cherché: essayé d'obtenir □ **en outre**: en plus □ **Poissy**: entre Paris et Mantes □ **prévoyait**: anticipait □ **son renvoi**: qu'elle serait sacquée □ **ne plaisantaient pas**: étaient très stricts

assistant: en spectateurs

rentier(s): qqn qui vit uniquement de ses revenus

traînée: (fam.) prostituée □ **souillé**: contaminé

accablaient: chargeaient durement □ **haineuse(s)** < haine ≠ amour □ **bouche**, f.: partie du visage

Basse-Normandie: partie ouest de la Normandie □ **instruit(e)**: éduqué □ **état**: rang social □ **pleurait**: versait des larmes

cesse et ne répondait rien.

On en était réduit à croire qu'elle avait accompli cet acte barbare dans un moment de désespoir et de folie, puisque tout indiquait qu'elle avait espéré garder et élever son fils.

Le président essaya encore une fois de la faire parler, d'obtenir des aveux, et l'ayant sollicitée avec une grande douceur, lui fit enfin comprendre que tous ces hommes réunis pour la juger ne voulaient point sa mort et pouvaient même la plaindre.

Alors elle se décida.

Il demandait : « Voyons, dites-nous d'abord quel est le père de cet enfant ? »

Jusque-là elle l'avait caché obstinément.

Elle répondit soudain, en regardant ses maîtres qui venaient de la calomnier avec rage :

« C'est M. Joseph, le neveu à M. Varambot. »

Les deux époux eurent un sursaut et crièrent en même temps : « C'est faux ! Elle ment. C'est une infamie. »

Le président les fit taire et reprit : « Continuez, je vous prie, et dites-nous comment cela est arrivé. »

Alors elle se mit brusquement à parler avec abondance, soulageant son cœur fermé, son pauvre cœur solitaire et broyé, vidant son chagrin, tout son chagrin maintenant devant ces hommes sévères qu'elle avait pris jusque-là pour des ennemis et des juges inflexibles.

« Oui, c'est M. Joseph Varambot, quand il est venu en congé l'an dernier.

— Qu'est-ce qu'il fait, M. Joseph Varambot ?

— Il est sous-officier d'artilleurs, m'sieu. Donc il resta deux mois à la maison. Deux mois d'été. Moi, je ne pensais à rien quand il s'est mis à me regarder, et puis à

on en était réduit à : on n'avait pas d'autre solution que de
désespoir ≠ espoir, m. : détresse extrême □ **folie,** f. : perte de la
raison □ **espéré :** désiré □ **garder :** conserver
élever : nourrir, faire grandir
essaya : s'efforça, tenta
aveu(x), m. : confession
douceur : mansuétude, gentillesse □ **enfin :** finalement
réuni(s) : assemblé
la plaindre : avoir de la compassion pour elle

voyons = alors maintenant □ **d'abord :** en premier

jusque-là : avant cet instant □ **caché :** tenu secret

neveu : M. Varambot est son oncle □ **à** = de (fam.)
sursaut : vive réaction
faux ≠ vrai □ **ment :** ne dit pas la vérité
taire : arrêter de parler

se mit : commença □ **brusquement :** soudainement
soulageant : allégeant □ **cœur :** siège des émotions
broyé : oppressé □ **vidant :** évacuant
pris... pour : considéré comme

en congé : en vacances □ **dernier :** (ici) précédent
qu'est-ce qu'il fait ? = quelle est sa profession ?
sous-officier : caporal, sergent... □ **resta :** habita

me dire des flatteries, et puis à me cajoler tant que le jour durait. Moi, je me suis laissé prendre, m'sieu. Il m'répétait que j'étais belle fille, que j'étais plaisante... que j'étais de son goût... Moi, il me plaisait pour sûr... Que voulez-vous ?... on écoute ces choses-là, quand on est seule... toute seule... comme moi. J' suis seule sur la terre, m'sieur... j' n'ai personne à qui parler... personne à qui compter mes ennuyances... Je n'ai pu d' père, pu d' mère, ni frère, ni sœur, personne ! Ça m'a fait comme un
10 frère qui serait r'venu quand il s'est mis à me causer. Et puis, il m'a demandé de descendre au bord de la rivière un soir, pour bavarder sans faire de bruit. J'y suis v'nue, moi... Je sais-t-il ? je sais-t-il après ?... Il me tenait la taille... Pour sûr, je ne voulais pas... non... non... J'ai pas pu... j'avais envie de pleurer tant que l'air était douce... il faisait clair de lune... J'ai pas pu... Non... je vous jure... j'ai pas pu... il a fait ce qu'il a voulu... Ça a duré encore trois semaines, tant qu'il est resté... Je l'aurais suivi au bout du monde... il est parti... Je ne savais pas
20 que j'étais grosse, moi !... Je ne l'ai su que l' mois d'après... »

Elle se mit à pleurer si fort qu'on dut lui laisser le temps de se remettre.

Puis le président reprit sur un ton de prêtre au confessionnal : « Voyons, continuez. »

Elle recommença à parler : « Quand j'ai vu que j'étais grosse, j'ai prévenu Mme Boudin, la sage-femme, qu'est là pour le dire ; et j'y ai demandé la manière pour le cas que ça arriverait sans elle. Et puis j'ai fait mon
30 trousseau, nuit à nuit, jusqu'à une heure du matin, chaque soir ; et puis j'ai cherché une autre place, car je savais bien que je serais renvoyée ; mais j' voulais rester

tant que le jour durait: toute la journée
m'sieu = monsieur
plaisant(e): agréable
de son goût: son type □ **il me plaisait**: je le trouvais bien □ **que voulez-vous ?** = c'est inévitable □ **écoute**: s'intéresse à, entend

compter = (ra)conter □ **ennuyance(s)**, f. = ennui (dialectal) □ **pu** = plus □ **ça m'a fait**: c'était pour moi
causer: parler (fam.)
au bord: près
bavarder: parler pour le plaisir de parler
je sais-t-il ? (conjugaison populaire) = je ne sais pas exactement
taille: milieu du corps □ **j'ai pas...**: je n'ai pas pu (résister)
tant que = tellement □ **douce** = doux (air est m.)
clair de lune: la lune brillait
a duré: s'est prolongé
tant qu': aussi longtemps qu' □ **je l'aurais suivi**: je serais allée avec lui □ **au bout du monde**: partout

dut < devoir: fut obligé
se remettre: redevenir plus calme

qu'est là = qui est ici
j'y ai... = je lui ai

renvoyée: priée de quitter ma place

jusqu'au bout dans la maison, pour économiser des sous, vu que j' n'en ai guère, et qu'il m'en faudrait, pour le p'tit...

— Alors vous ne vouliez pas le tuer ?
— Oh ! pour sûr non, m'sieu.
— Pourquoi l'avez-vous tué, alors ?
— V'là la chose. C'est arrivé plus tôt que je n'aurais cru. Ça m'a pris dans ma cuisine, comme j' finissais ma vaisselle.

« M. et Mme Varambot dormaient déjà ; donc je monte, pas sans peine, en me tirant à la rampe ; et je m' couche par terre, sur le carreau, pour n' point gâter mon lit. Ça a duré p't-être une heure, p't-être deux, p't-être trois ; je ne sais point, tant ça me faisait mal ; et puis, je l' poussais d' toute ma force, j'ai senti qu'il sortait, et je l'ai ramassé.

« Oh ! oui, j'étais contente, pour sûr ! J'ai fait tout ce que m'avait dit Mme Boudin, tout ! Et puis je l'ai mis sur mon lit, lui ! Et puis v'là qu'il me r'vient une douleur, mais une douleur à mourir. — Si vous connaissiez ça, vous n'en feriez pas tant, allez ! — J'en ai tombé sur les genoux, puis sur le dos, par terre ; et v'là que ça me reprend, p't-être une heure encore, p't-être deux, là toute seule... et puis qu'il en sort un autre... un autre p'tit..., deux..., oui..., deux..., comme ça ! Je l'ai pris comme le premier, et puis je l'ai mis sur le lit, côte à côte — deux. — Est-ce possible, dites ? Deux enfants ! Moi qui gagne vingt francs par mois ! Dites... est-ce possible ? Un, oui, ça s' peut, en se privant... mais pas deux ! Ça m'a tourné la tête. Est-ce que je sais, moi ? — J' pouvais-t-il choisir, dites ?

« Est-ce que je sais ! Je me suis vue à la fin de mes

jusqu'au bout : jusqu'à l'accouchement ☐ **des sous** : de l'argent **vu que** : parce que ☐ **n'... guère** : pas beaucoup ☐ **...m'en faudrait** : j'en aurais besoin

v'là = voilà ☐ **la chose** = comment ça s'est passé ☐ **plus tôt** : avant ☐ **ça m'a pris** : cela a commencé
ma vaisselle = de laver la... (**vaisselle** : plats et ustensiles du repas)
dormaient : étaient au lit ☐ **déjà** : depuis un moment
me tirant : m'élevant par la force du bras ☐ **rampe** : haut de la balustrade ☐ **couche** : allonge ☐ **sur le carreau** : par terre ☐ **gâter** : détériorer, salir
ça me faisait mal : c'était douloureux
senti : eu la sensation
ramassé : pris par terre
contente : heureuse

douleur : peine ☐ **à...** : forte au point de mourir
feriez : engendriez ☐ **tant** (d'enfants) ☐ **j'en ai tombé** = j'en suis tombée ☐ **genoux, m. pl.** : milieu des jambes ☐ **dos** : l'arrière du corps ☐ **ça me reprend** : ça recommence

dites < dire, impératif
gagne : reçoit comme salaire
ça s'peut = c'est possible ☐ **se privant** : s'imposant des privations ☐ **tourné la tête** : rendue folle
j'pouvais-t-il choisir...? : est-ce que j'avais le choix ?

jours! J'ai mis l'oreiller d'sus, sans savoir... Je n' pouvais pas en garder deux... et je m' suis couchée d'sus encore. Et puis, j' suis restée à m' rouler et à pleurer jusqu'au jour que j'ai vu venir par la fenêtre; ils étaient morts sous l'oreiller, pour sûr. Alors je les ai pris sous mon bras, j'ai descendu l'escalier, j'ai sorti dans l' potager, j'ai pris la bêche au jardinier, et je les ai enfouis sous terre, l' plus profond que j'ai pu, un ici, puis l'autre là, pas ensemble, pour qu'ils ne parlent pas
10 de leur mère, si ça parle, les p'tits morts. Je sais-t-il, moi?

« Et puis, dans mon lit, v'là que j'ai été si mal que j'ai pas pu me lever. On a fait venir le médecin qu'a tout compris. C'est la vérité, m'sieu le juge. Faites ce qu'il vous plaira, j' suis prête. »

La moitié des jurés se mouchaient coup sur coup pour ne point pleurer. Des femmes sanglotaient dans l'assistance.

Le président interrogea.

20 « À quel endroit avez-vous enterré l'autre ? »

Elle demanda :

« Lequel que vous avez ?

— Mais... celui... celui qui était dans les artichauts.

— Ah bien! L'autre est dans les fraisiers, au bord du puits. »

Et elle se mit à sangloter si fort qu'elle gémissait à fendre les cœurs.

La fille Rosalie Prudent fut acquittée.

on dort la tête sur **l'oreiller** ☐ **d'sus** = dessus (sur eux)

m'rouler (en boule): prostrée
fenêtre: ouverture sur l'extérieur ☐ **étaient morts**: avaient cessé de vivre

potager: jardin avec des légumes ☐ **bêche**: outil pour faire un trou dans la terre ☐ **au**: du ☐ **enfoui(s)**: mis sous la terre profondément

médecin: docteur ☐ **qu'** = qui
ce qu'il vous plaira: comme vous voulez
prêt(e): préparé
se mouchaient: s'essuyaient le nez
sanglotaient: pleuraient avec des spasmes ☐ **assistance**, f.: public

lequel que vous avez?: lequel avez-vous trouvé?
artichaut(s), m.: légume
fraisier(s), m.: plante rampante qui donne des fraises (fruit rouge) ☐ **puits**: source d'eau en profondeur
gémissait: faisait entendre de fortes plaintes
fendre: briser en deux

Grammaire au fil des nouvelles

Remplissez les blancs avec le mot ou la forme grammaticale qui se trouve dans le texte (le premier chiffre renvoie à la page, le second à la ligne) :

Il y avait dans cette affaire un mystère que ... les jurés, ... le président, ... le procureur de la République ne parvenaient à comprendre (= les jurés ne parvenaient pas à comprendre et le président et le procureur non plus, 122. 1).

La fille Prudent (Rosalie) avait ... dans sa mansarde (mis au monde un enfant, 122. 4).

La perquisition avait amené la découverte d'un trousseau complet d'enfant, fait par Rosalie ... (pron. pers. emphatique, 122. 11).

La sage-femme lui avait donné tous les conseils pratiques pour le cas où l'accident ... dans un moment où les secours ... impossibles (arriver, demeurer, 122. 17).

On en était réduit à croire qu'elle ... cet acte barbare dans un moment de désespoir (accomplir, 124. 2).

J'ai cherché une autre place, car je ... bien que je ... (savoir, renvoyer, 126. 31).

Ça m'a pris dans ma cuisine, comme j'... ma vaisselle (finir, 128. 8).

J'ai fait tout ... m'avait dit Mme Boudin (pron. démonst. + rel., 128. 17).

Si vous ... ça, vous ne feriez pas tant d'enfants (connaître, 128. 20).

Et v'là que ça me reprend ... et puis qu'il ... sort un autre (= enfant, 128. 22).

J'ai pris la ... au jardinier, et je les ai enfouis sous terre (outil pour faire un trou dans la terre, 130. 7).

Faites ... il vous plaira, j'suis prête (pron. démonst. + rel., 130. 14).

« À quel endroit avez-vous enterré l'autre ? » Elle demanda : « ... que vous avez ? » (pron. interr., 130. 20).

MADAME PARISSE

Comme dans *Madame Baptiste*, Maupassant-narrateur raconte une histoire qui lui est racontée à l'occasion d'une rencontre fortuite. Il y a deux différences pourtant. La première, c'est que Madame Parisse, simple passante, n'est pas morte et continue à vivre intérieurement une belle aventure amoureuse. La seconde, c'est que les courants de sympathie que le récit permet d'établir entre l'auteur et l'héroïne inconnue sont plus élaborés.

Le nom de Madame Parisse sonne comme celui d'un personnage homérique et entretient l'écrivain dans l'idée que les grandes passions sont de tous les temps et de tous les milieux, même si elles deviennent plus rares et plus cachées. Il y a aussi le climat et le décor méditerranéens, qui expliquent, par leur splendeur perpétuelle, l'éclosion de destinées singulières. Un instant de bonheur a suffi à remplir la vie de cette femme, qui marche comme les « dames de l'Antiquité » !

On en oublie presque le mari ridicule à souhait et la tendance théâtre de boulevard d'une nouvelle très variée de tons.

Madame Parisse fait également partie de *La Petite Roque*.

I

J'étais assis sur le môle du petit port d'Obernon près du hameau de la Salis, pour regarder Antibes au soleil couchant. Je n'avais jamais rien vu d'aussi surprenant et d'aussi beau.

La petite ville, enfermée en ses lourdes murailles de guerre construites par M. de Vauban, s'avançait en pleine mer, au milieu de l'immense golfe de Nice. La haute vague du large venait se briser à son pied, l'entourant d'une fleur d'écume ; et on voyait, au-dessus des remparts, les maisons grimper les unes sur les autres jusqu'aux deux tours dressées dans le ciel comme les deux cornes d'un casque antique. Et ces deux tours se dessinaient sur la blancheur laiteuse des Alpes, sur l'énorme et lointaine muraille de neige qui barrait tout l'horizon.

Entre l'écume blanche au pied des murs, et la neige blanche au bord du ciel, la petite cité éclatante et debout sur le fond bleuâtre des premières montagnes, offrait aux rayons du soleil couchant une pyramide de maisons aux toits roux, dont les façades aussi étaient blanches, et si différentes cependant qu'elles semblaient de toutes les nuances.

Et le ciel, au-dessus des Alpes, était lui-même d'un bleu presque blanc, comme si la neige eût déteint sur lui ; quelques nuages d'argent flottaient tout près des sommets pâles ; et de l'autre côté du golfe, Nice couchée au bord de l'eau s'étendait comme un fil blanc entre la mer et la montagne. Deux grandes voiles latines, poussées par une forte brise, semblaient courir sur les flots. Je regardais cela, émerveillé.

môle: jetée

hameau: petit village □ **Antibes**: sur la Côte d'Azur □ **soleil couchant**: la fin du jour (couchant ≠ levant, 136. 13) □ **d'aussi**: de si

enfermé(e): contenu □ **lourd(es)**: épais □ **muraille(s)** = mur(s), fortifications □ **guerre**, f. ≠ paix □ **Vauban**: célèbre architecte militaire (1633-1707)

vague: ondulation de la mer □ **le large**: la mer □ **se briser**: s'écraser □ **entourant**: encerclant □ **écume**, f.: trace blanche de la mer □ **au-dessus des**: plus haut que les □ **grimper**: monter

tour(s): construction très haute □ **dressé(es)**: pointant

cornes: protubérances sur la tête d'animaux □ le **casque** protège la tête du soldat □ **dessinaient**: profilaient □ **blancheur** < blanc □ **laiteuse** < lait: blanc crémeux □ **lointain(e)**: distant □ on skie sur de la **neige**

au bord: près □ **éclatant(e)**: très brillant □ **debout**: droite
bleuâtre: un peu bleu (noirâtre, rougeâtre...)

rayon(s): trait lumineux (rayons X, rayon laser...)

toit(s): couverture d'une maison □ **roux**: couleur rouge des tuiles □ **cependant**: pourtant □ **semblaient**: paraissaient

presque: pas tout à fait □ **eût déteint sur lui**: l'eût décoloré
nuage(s), m.: masse de vapeurs dans le ciel □ **argent**: métal blanc □ **sommet(s)**, m.: point le plus haut □ **couché(e)**: allongé
s'étendait: occupait l'espace □ **fil**: corde fine

voile(s) latine(s): voile triangulaire (une voile fait avancer un bateau) □ **courir**: aller vite

flots, m. pl.: la mer □ **émerveillé**: admiratif

C'était une de ces choses si douces, si rares, si délicieuses à voir qu'elles entrent en vous, inoubliables comme des souvenirs de bonheur. On vit, on pense, on souffre, on est ému, on aime par le regard. Celui qui sait sentir par l'œil éprouve, à contempler les choses et les êtres, la même jouissance aiguë, raffinée et profonde, que l'homme à l'oreille délicate et nerveuse dont la musique ravage le cœur.

Je dis à mon compagnon, M. Martini, un Méridional pur sang : « Voilà, certes, un des plus rares spectacles qu'il m'a été donné d'admirer.

« J'ai vu le Mont-Saint-Michel, ce bijou monstrueux de granit, sortir des sables au jour levant.

« J'ai vu, dans le Sahara, le lac de Raïanechergui, long de cinquante kilomètres, luire sous une lune éclatante comme nos soleils et exhaler vers elle une nuée blanche pareille à une fumée de lait.

« J'ai vu dans les îles Lipari, le fantastique cratère de soufre du Volcanello, fleur géante qui fume et qui brûle, fleur jaune démesurée, épanouie en pleine mer et dont la tige est un volcan.

« Eh bien, je n'ai rien vu de plus surprenant qu'Antibes debout sur les Alpes au soleil couchant.

« Et je ne sais pourquoi des souvenirs antiques me hantent ; des vers d'Homère me reviennent en tête ; c'est une ville du vieil Orient, ceci, c'est une ville de l'Odyssée, c'est Troie ! bien que Troie fût loin de la mer. »

M. Martini tira de sa poche le guide Sarty et lut : « Cette ville fut à son origine une colonie fondée par les Phocéens de Marseille, vers l'an 340 avant J.-C. Elle reçut d'eux le nom grec d'Antipolis, c'est-à-dire "contreville", ville en face d'une autre, parce que en effet elle se

douce(s): paisible, délicate
inoubliable(s): qu'on ne peut pas oublier
bonheur, m.: joie de vivre □ **vit** < vivre: existe
ému: touché □ **regard:** acte de regarder
sentir: avoir des sensations □ **éprouve... la même jouissance:** connaît... la même joie □ **aigu(ë):** intense
à l': ayant une □ **oreille:** organe pour entendre
cœur: siège des émotions
Méridional: homme du midi (sud) de la France
pur sang: authentique (un pur-sang: un cheval de race)

le Mont-Saint-Michel: célèbre abbaye sur une île □ **bijou:** ornement précieux □ **jour levant:** début du jour
le Sahara est un désert de sable(s)
luire: briller
nuée: gros nuage dense
pareil(le): semblable □ il n'y a pas de **fumée** sans feu □ **de lait** = blanche □ **îles Lipari:** archipel près de la Sicile
soufre: substance jaune □ **fume:** produit de la fumée □ **brûle:** est en feu □ **démesuré(e):** énorme □ **épanoui(e):** ouvert □ **en pleine:** au milieu de la □ **tige:** partie droite d'une plante
Maupassant, comme il le dit l. 12, a vu tous ces lieux

hantent: obsèdent □ **me reviennent en tête:** viennent à ma mémoire
loin: à distance
guide: livre qui sert de guide au voyageur □ **lut** < lire

les habitants de **Phocée** avaient colonisé **Marseille** au VIe siècle **avant J.-C.** (Jésus-Christ)
en effet: vraiment

trouve opposée à Nice, autre colonie marseillaise.

« Après la conquête des Gaules, les Romains firent d'Antibes une ville municipale; ses habitants jouissaient du droit de cité romaine.

« Nous savons, par une épigramme de Martial, que, de son temps... »

Il continuait. Je l'arrêtai : « Peu m'importe ce qu'elle fut. Je vous dis que j'ai sous les yeux une ville de l'Odyssée. Côte d'Asie ou côte d'Europe, elles se ressemblaient sur les deux rivages; et il n'en est point, sur l'autre bord de la Méditerranée, qui éveille en moi, comme celle-ci, le souvenir des temps héroïques. »

Un bruit de pas me fit tourner la tête; une femme, une grande femme brune passait sur le chemin qui suit la mer en allant vers le cap.

M. Martini murmura, en faisant sonner les finales : « C'est Mme Parisse, vous savez ! »

Non, je ne savais pas, mais ce nom jeté, ce nom du berger troyen me confirma dans mon rêve.

Je dis cependant : « Qui ça, Mme Parisse ? »

Il parut stupéfait que je ne connusse pas cette histoire.

J'affirmai que je ne la savais point; et je regardais la femme qui s'en allait sans nous voir, rêvant, marchant d'un pas grave et lent, comme marchaient sans doute les dames de l'Antiquité. Elle devait avoir trente-cinq ans environ, et restait belle, fort belle, bien qu'un peu grasse.

Et M. Martini me conta ceci.

jouissaient: bénéficiaient
(le) **droit de cité...**: avantages reconnus aux citoyens
Martial: poète latin du Ier siècle après J.-C.

arrêtai: interrompis □ **peu m'importe ce qu'elle...**: ce qu'elle fut ne change rien à mon idée

rivage(s), m.: côte maritime
bord, m.: côté □ **éveille**: provoque

pas, m.: mouvement de qqn qui marche
chemin: petite route en terre □ **suit**: longe

faisant sonner: rendant sonores □ **les** voyelles **finales** (en particulier les e muets)
jeté: lancé, prononcé rapidement
berger: qqn qui garde des moutons (le **berger troyen** = Pâris) □
rêve: imagination chimérique □ **qui ça...?**: qui est-ce...?
parut: sembla □ **stupéfait**: très étonné □ **connusse**: subj. imparfait

s'en allait: s'éloignait □ **rêvant**: pensant à autre chose
lent ≠ rapide □ **sans doute**: probablement

environ: plus ou moins □ **restait**: était encore □ **fort**: très
gras(se): gros
conta: raconta

II

Mme Parisse, une demoiselle Combelombe, avait épousé, un an avant la guerre de 1870, M. Parisse, fonctionnaire du gouvernement. C'était alors une belle jeune fille, aussi mince et aussi gaie qu'elle était devenue forte et triste.

Elle avait accepté à regret M. Parisse, un de ces petits hommes à bedaine et à jambes courtes, qui trottent menu dans une culotte toujours trop large.

Après la guerre, Antibes fut occupée par un seul bataillon de ligne commandé par M. Jean de Carmelin, un jeune officier décoré durant la campagne et qui venait seulement de recevoir les quatre galons.

Comme il s'ennuyait fort dans cette forteresse, dans cette taupinière étouffante enfermée en sa double enceinte d'énormes murailles, le commandant allait souvent se promener sur le cap, sorte de parc ou de forêt de pins éventée par toutes les brises du large.

Il y rencontra Mme Parisse qui venait aussi, les soirs d'été, respirer l'air frais sous les arbres. Comment s'aimèrent-ils ? Le sait-on ? Ils se rencontraient, ils se regardaient, et quand ils ne se voyaient plus, ils pensaient l'un à l'autre, sans doute. L'image de la jeune femme aux prunelles brunes, aux cheveux noirs, au teint pâle, de la belle et fraîche Méridionale qui montrait ses dents en souriant, restait flottante devant les yeux de l'officier qui continuait sa promenade en mangeant son cigare au lieu de le fumer ; et l'image du commandant serré dans sa tunique, culotté de rouge et couvert d'or, dont la moustache blonde frisait sur la lèvre, devait passer le soir devant les yeux de Mme Parisse quand son

une demoiselle = née □ **avait épousé**: s'était mariée à
guerre de 1870: franco-prussienne; **guerre**: hostilités
fonctionnaire: employé officiel
mince ≠ grasse
fort(e): gros

bedaine: (fam.) gros ventre □ **jambes**: les 2 membres inférieurs □ **trottent menu**: marchent vite à tout petits pas □ **culotte**: pantalon court
de ligne, f.: d'infanterie

venait... de...: avait tout juste reçu... □ **quatre galons**: grade de commandant; **galon**, m.: insigne □ **s'ennuyait**: éprouvait de la lassitude □ **taupinière**: galerie souterraine d'une taupe □ **étouffant(e)**: suffocant □ **enceinte**, f.: rempart continu
souvent: fréquemment
pin(s), m.: arbre conifère □ **éventé(e)** < **vent**, m.: aéré
rencontra: vit passer, remarqua
frais: un peu froid □ le pin, le sycomore sont des **arbres**
s'aimèrent-ils?: sont-ils tombés amoureux l'un de l'autre?

prunelles = yeux □ les **cheveux** couvrent la tête □ **teint**: complexion □ **fraîche**, f. de frais: jeune
souriant: manifestant sa joie □ **restait flottante**: persistait

serré dans...: sa tunique est très ajustée à son corps
frisait sur: ondulait au-dessus de □ **lèvre**: bord de la bouche

mari, mal rasé et mal vêtu, court de pattes et ventru, rentrait pour souper.

À force de se rencontrer, ils sourirent en se revoyant, peut-être ; et à force de se revoir, ils s'imaginèrent qu'ils se connaissaient. Il la salua assurément. Elle fut surprise et s'inclina, si peu, si peu, tout juste ce qu'il fallait pour ne pas être impolie. Mais au bout de quinze jours elle lui rendait son salut, de loin, avant même d'être côte à côte.

10 Il lui parla ! De quoi ? Du coucher du soleil sans aucun doute. Et ils l'admirèrent ensemble, en le regardant au fond de leurs yeux plus souvent qu'à l'horizon. Et tous les soirs pendant deux semaines ce fut le prétexte banal et persistant d'une causerie de plusieurs minutes.

Puis ils osèrent faire quelques pas ensemble en s'entretenant de sujets quelconques ; mais leurs yeux déjà se disaient mille choses plus intimes, de ces choses secrètes, charmantes dont on voit le reflet dans la
20 douceur, dans l'émotion du regard, et qui font battre le cœur, car elles confessent l'âme, mieux qu'un aveu.

Puis il dut lui prendre la main, balbutier ces mots que la femme devine sans avoir l'air de les entendre.

Et il fut convenu entre eux qu'ils s'aimaient sans qu'ils se le fussent prouvé par rien de sensuel ou de brutal.

Elle serait demeurée indéfiniment à cette étape de la tendresse, elle, mais il voulait aller plus loin, lui. Et il la pressa chaque jour plus ardemment de se rendre à son violent désir.

30 Elle résistait, ne voulait pas, semblait résolue à ne point céder.

Un soir pourtant elle lui dit comme par hasard :

rasé: passé au rasoir □ **vêtu:** habillé □ **patte(s), f.:** jambe d'un animal □ **ventru:** dont l'estomac est proéminent
à force de: ayant pris l'habitude de

salua: fit une salutation
s'inclina: fit un mouvement de la tête
au bout de: après
rendait: donnait en retour □ **salut:** salutation □ **côte à côte:** tout près

au fond de: (ici) dans
pendant: durant
causerie: conversation

osèrent: eurent le courage de □ **faire quelques pas:** marcher un peu □ **s'entretenant:** parlant □ **quelconque(s):** insignifiant

reflet: image réfléchie
douceur: tendresse □ **battre:** palpiter
âme, f.: partie spirituelle de l'homme □ **aveu:** déclaration intime □ **balbutier:** parler en hésitant
avoir l'air de: paraître
convenu: décidé □ **sans qu'ils se le fussent prouvé:** sans l'avoir prouvé mutuellement □ **rien:** quelque chose
serait demeurée: se serait arrêtée □ **étape:** lieu où on fait halte (un circuit en 3 étapes)
se rendre: s'abandonner

résolu(e): déterminé
céder: accepter sous la pression

« Mon mari vient de partir pour Marseille. Il y va rester quatre jours. »

Jean de Carmelin se jeta à ses pieds, la suppliant d'ouvrir sa porte le soir même, vers onze heures. Mais elle ne l'écouta point et rentra d'un air fâché.

Le commandant fut de mauvaise humeur tout le soir ; et le lendemain, dès l'aurore, il se promenait, rageur, sur les remparts, allant de l'école du tambour à l'école de peloton, et jetant des punitions aux officiers et aux hommes, comme on jetterait des pierres dans une foule.

Mais en rentrant pour déjeuner, il trouva sous sa serviette, dans une enveloppe, ces quatre mots : « Ce soir, dix heures. » Et il donna cent sous, sans aucune raison, au garçon qui le servait.

La journée lui parut fort longue. Il la passa en partie à se bichonner et à se parfumer.

Au moment où il se mettait à table pour dîner on lui remit une autre enveloppe. Il trouva dedans ce télégramme : « Ma chérie, affaires terminées. Je rentre ce soir train neuf heures. — PARISSE. »

Le commandant poussa un juron si véhément que le garçon laissa tomber la soupière sur le parquet.

Que ferait-il ? Certes, il la voulait, ce soir-là même, coûte que coûte ; et il l'aurait. Il l'aurait par tous les moyens, dût-il faire arrêter et emprisonner le mari. Soudain une idée folle lui traversa la tête. Il demanda du papier, et écrivit :

« Madame,

« Il ne rentrera pas ce soir, je vous le jure, et moi je

rester: être, séjourner

jeta: précipita

l'écouta: fut attentive à ce qu'il disait □ **fâché**: mécontent
de mauvaise humeur: mal disposé
aurore, f.: lumière avant l'apparition du soleil □ **rageur**: irritable □ **tambour**: soldat qui bat du tambour (instrument de musique militaire) □ **peloton**, m.: groupe d'hommes qui suivent une instruction militaire □ **pierre(s)**, f.: morceau de roc
foule: multitude de personnes
déjeuner: prendre son repas de midi

cent sous = 5 francs
servait à la table

se bichonner: faire une toilette méticuleuse, se faire beau

remit: délivra □ **dedans**: à l'intérieur

poussa: dit en criant □ **juron**: mot grossier (invoquant Dieu)
laissa tomber: lâcha □ **soupière** < soupe

coûte que coûte: quel qu'en soit le prix (la conséquence)
moyen(s): procédé □ **dût-il**: même s'il devait □ **arrêter**: appréhender □ **fol(le)**: extravagant □ **traversa la tête**: vint à l'esprit

le jure: en fais le serment, le garantis

serai à dix heures où vous savez. Ne craignez rien, je réponds de tout, sur mon honneur d'officier.

« JEAN DE CARMELIN. »

Et, ayant fait porter cette lettre, il dîna avec tranquillité.

Vers huit heures, il fit appeler le capitaine Gribois qui commandait après lui ; et il lui dit, en roulant entre ses doigts la dépêche froissée de M. Parisse :

« Capitaine, je reçois un télégramme d'une nature singulière et dont il m'est même impossible de vous communiquer le contenu. Vous allez faire fermer immédiatement et garder les portes de la ville, de façon à ce que personne, vous entendez bien, personne n'entre ni ne sorte avant six heures du matin. Vous ferez aussi circuler des patrouilles dans les rues et forcerez les habitants à rentrer chez eux à neuf heures. Quiconque sera trouvé dehors passé cette limite sera reconduit à son domicile *manu militari*. Si vos hommes me rencontrent cette nuit, ils s'éloigneront aussitôt de moi en ayant l'air de ne pas me connaître.

« Vous avez bien entendu ?

— Oui, mon commandant.

— Je vous rends responsable de l'exécution de ces ordres, mon cher capitaine.

— Oui, mon commandant.

— Voulez-vous un verre de chartreuse ?

— Volontiers, mon commandant. »

Ils trinquèrent, burent la liqueur jaune, et le capitaine Gribois s'en alla.

craignez < craindre, avoir peur
réponds : prends la responsabilité

appeler : venir près de lui

dépêche : télégramme □ **froissé(e)** : déformé, écrasé
je reçois = j'ai reçu à l'instant

le contenu : les termes □ **fermer** ≠ ouvrir
de façon à ce que = de façon que, pour que

quiconque : tout individu qui
dehors : dans la rue □ **passé** : après □ **reconduit** : escorté
manu militari : en employant la force
s'éloigneront : iront à une certaine distance □ **aussitôt** : tout de suite

chartreuse : liqueur du couvent de la Grande-Chartreuse, près de Grenoble □ **volontiers** : avec plaisir
trinquèrent : tapèrent leurs verres

III

Le train de Marseille entra en gare à neuf heures précises, déposa sur le quai deux voyageurs, et reprit sa course vers Nice.

L'un était grand et maigre, M. Saribe, marchand d'huiles, l'autre gros et petit, M. Parisse.

Ils se mirent en route côte à côte, leur sac de nuit à la main pour gagner la ville éloignée d'un kilomètre.

Mais en arrivant à la porte du port, les factionnaires croisèrent la baïonnette en leur enjoignant de s'éloigner.

Effarés, stupéfaits, abrutis d'étonnement, ils s'écartèrent et délibérèrent ; puis, après avoir pris conseil l'un de l'autre, ils revinrent avec précaution afin de parlementer en faisant connaître leurs noms.

Mais les soldats devaient avoir des ordres sévères, car ils les menacèrent de tirer ; et les deux voyageurs, épouvantés, s'enfuirent au pas gymnastique, en abandonnant leurs sacs qui les alourdissaient.

Ils firent alors le tour des remparts et se présentèrent à la porte de la route de Cannes. Elle était fermée également et gardée aussi par un poste menaçant. MM. Saribe et Parisse, en hommes prudents, n'insistèrent pas davantage, et s'en revinrent à la gare pour chercher un abri, car le tour des fortifications n'était pas sûr, après le soleil couché.

L'employé de service, surpris et somnolent, les autorisa à attendre le jour dans le salon des voyageurs.

gare, f. : station de chemin de fer
déposa : laissa □ **quai** : plate-forme

maigre ≠ gros
huile(s), f. : liquide végétal gras (olive, soja...)
sac, m. : bagage souple
gagner : chercher à atteindre
factionnaire(s), m. : soldat chargé d'une surveillance fixe, sentinelle □ **croisèrent** : mirent en croix □ **enjoignant** : donnant l'ordre
effaré(s) : très troublé □ **abruti(s)** : frappé □ **s'écartèrent** : s'éloignèrent un peu □ **conseil**, m. : avis, opinion
afin de : pour □ **parlementer** : discuter pour trouver un accord

tirer : faire feu
épouvanté(s) : terrifié □ **s'enfuirent** : partirent vite □ **au pas gymnastique** : courant en cadence □ **alourdissaient** < lourd : rendaient moins mobiles

également : aussi □ **MM.** = messieurs

davantage : plus □ **chercher** : essayer de trouver
abri : refuge □ **tour** : (ici) allée qui fait le tour □ **sûr** : qui donne de la sécurité
de service : occupant le poste de travail
attendre le : patienter jusqu'au

Ils y demeurèrent côte à côte, sans lumière, sur le canapé de velours vert, trop effrayés pour songer à dormir.

La nuit fut longue pour eux.

Ils apprirent, vers six heures et demie, que les portes étaient ouvertes et qu'on pouvait, enfin, pénétrer dans Antibes.

Ils se remirent en marche, mais ne retrouvèrent point sur la route leurs sacs abandonnés.

Lorsqu'ils franchirent, un peu inquiets encore, la porte de la ville, le commandant de Carmelin, l'œil sournois et la moustache en l'air, vint lui-même les reconnaître et les interroger.

Puis il les salua avec politesse en s'excusant de leur avoir fait passer une mauvaise nuit. Mais il avait dû exécuter des ordres.

Les esprits, dans Antibes, étaient affolés. Les uns parlaient d'une surprise méditée par les Italiens, les autres d'un débarquement du prince impérial, d'autres encore croyaient à une conspiration orléaniste. On ne devina que plus tard la vérité quand on apprit que le bataillon du commandant était envoyé fort loin, et que M. de Carmelin avait été sévèrement puni.

IV

M. Martini avait fini de parler. Mme Parisse revenait, sa promenade terminée. Elle passa gravement, près de moi, les yeux sur les Alpes dont les sommets à présent étaient roses sous les derniers rayons du soleil.

sans lumière: dans l'obscurité
canapé: sofa □ **velours, m.**: tissu doux et épais □ **effrayé(s)**: terrifié □ **songer**: penser

apprirent < apprendre, passé simple
enfin: finalement

franchirent: passèrent □ **inquiet(s)**: appréhensif
sournois: dissimulant ses pensées
reconnaître: (ici) identifier

il avait dû: avait été obligé d'

les esprits = la population □ **affolé(s)** < fou: très perturbé
surprise: invasion soudaine □ **médité(e)**: préparé
le **prince impérial**: le fils de Napoléon III, en exil depuis la défaite de 1870 □ **orléaniste**: royaliste
devina: comprit par conjecture □ **plus tard**: ultérieurement
envoyé: parti sur ordre

J'avais envie de la saluer, la triste et pauvre femme qui devait penser toujours à cette nuit d'amour déjà si lointaine, et à l'homme hardi qui avait osé, pour un baiser d'elle, mettre une ville en état de siège et compromettre tout son avenir.

Aujourd'hui, il l'avait oubliée sans doute, à moins qu'il ne racontât, après boire, cette farce audacieuse, comique et tendre.

L'avait-elle revu ? L'aimerait-elle encore ? Et je songeais : « Voici bien un trait de l'amour moderne, grotesque et pourtant héroïque. L'Homère qui chanterait cette Hélène, et l'aventure de son Ménélas, devrait avoir l'âme de Paul de Kock. Et pourtant, il est vaillant, téméraire, beau, fort comme Achille, et plus rusé qu'Ulysse, le héros de cette abandonnée ! »

hardi : intrépide
baiser : contact des lèvres
son avenir : la suite de sa carrière
à moins qu'il ne racontât : sauf s'il racontait
boire, m. : l'action de prendre une boisson

Homère : poète grec du IXe siècle avant Jésus-Christ, auteur de l'*Iliade* et de l'*Odyssée* ☐ **Hélène** : femme du roi grec Ménélas, enlevée par un Troyen ☐ **Kock** : (1794-1871) auteur prolixe tombé dans l'oubli ☐ **Achille** : héros grec de l'*Iliade* **Ulysse** : héros de l'*Odyssée* ☐ **cette** (femme) **abandonnée**

Grammaire au fil des nouvelles

Remplissez les blancs avec le mot ou la forme grammaticale qui se trouve dans le texte (le premier chiffre renvoie à la page, le second à la ligne) :

... qui sait sentir par l'œil éprouve, ... contempler les choses et les êtres, la même jouissance que l'homme ... l'oreille délicate (pron. démonst., prépositions, 136. 4).

Antibes est une ville de l'Odyssée, c'est Troie ! bien que Troie ... loin de la mer (être, 136. 26).

Les Romains firent d'Antibes une ville municipale ; ses habitants ... du droit de cité romaine (jouir, 138. 2).

Il n'est point de ville, sur l'autre bord de la Méditerranée, ... éveille en moi, comme ..., le souvenir des temps héroïques (pron. rel., pron. démonst., 138. 10).

Il parut stupéfait que je ne ... pas l'histoire de Mme Parisse (connaître, 138. 21).

Le commandant y ... Mme Parisse, qui ... aussi, les soirs d'été, respirer l'air frais sous les arbres (rencontrer, venir, 140. 20).

L'image de la jeune femme ... prunelles brunes, ... cheveux noirs, ... teint pâle, restait flottante devant les yeux de l'officier (prépositions + articles, 140. 24).

Il fut convenu entre eux qu'ils s'aimaient sans qu'ils se le ... prouvé par rien de sensuel (être, 142. 24).

Il la voulait et il l'aurait par tous les moyens, ...-il faire arrêter et emprisonner le mari (= même s'il devait, 144. 24).

Vous allez faire fermer les portes de la ville, de façon à ce que personne n'... ni ne ... avant six heures du matin (entrer, sortir, 146. 13).

... sera trouvé dehors sera reconduit à son domicile *manu militari* (= tout individu qui, 146. 18).

Elle passa gravement, les yeux sur les Alpes ... les sommets à présent étaient roses (pron. rel., 150. 30).

Aujourd'hui, il l'avait ... sans doute, à moins qu'il ne ..., après boire, cette farce audacieuse (oublier, raconter, 152. 6).

CLOCHETTE[1]

Quand Maupassant utilise les thèmes de la laideur et du handicap physique, en général il fait mener à ses personnages une vie tragique et solitaire, dans l'indifférence de tous. C'est un peu le cas de la mère Clochette, mais avec une notable contrepartie. La composition en abyme du récit fait saisir l'importance peut-être exceptionnelle de cette ratée de l'existence.

Parmi les souvenirs d'enfance du narrateur, elle occupe la place privilégiée d'initiatrice à l'art de raconter, mieux que sa propre mère, mieux que les poètes. Le petit garçon de dix ou douze ans, qui l'écoutait en adoration, détaillait sans dégoût ses difformités, se laissant émerveiller par l'« âme magnanime » qu'il pressentait en elle. Au souvenir de la couturière se trouvent donc associées la première formation, la future vocation et les conceptions profondes de Maupassant devenu à son tour conteur ingénieux.

Mais Clochette n'ayant jamais rien dit sur elle-même, on la croyait en quelque sorte exemptée d'aventures. Or, le jour de sa mort, l'enfant caché entend un autre narrateur révéler à ses parents quelle fut Hortense du temps qu'elle était belle et jeune. Nous pouvons en tirer, comme l'enfant, d'autres leçons sur les réalités trompeuses et sur la vraie matière des contes.

Clochette est un récit d'abord publié à la fin de 1886 dans *Gil Blas,* intégré ensuite en mai 1887 dans *Le Horla*.

---

1. Ce mot signifie « petite cloche », au sens propre. Mais au figuré, une cloche désigne familièrement un être maladroit dans ses gestes (du verbe clocher = boiter, cf. marcher à cloche-pied).

Sont-ils étranges, ces anciens souvenirs qui vous hantent sans qu'on puisse se défaire d'eux !

Celui-là est si vieux, si vieux que je ne saurais comprendre comment il est resté si vif et si tenace dans mon esprit. J'ai vu depuis tant de choses sinistres, émouvantes ou terribles, que je m'étonne de ne pouvoir passer un jour, un seul jour, sans que la figure de la mère Clochette ne se retrace devant mes yeux, telle que je la connus, autrefois, voilà si longtemps, quand j'avais dix ou douze ans.

C'était une vieille couturière qui venait une fois par semaine, tous les mardis, raccommoder le linge chez mes parents. Mes parents habitaient une de ces demeures de campagne appelées châteaux, et qui sont simplement d'antiques maisons à toit aigu, dont dépendent quatre ou cinq fermes groupées autour.

Le village, un gros village, un bourg, apparaissait à quelques centaines de mètres, serré autour de l'église, une église de briques rouges devenues noires avec le temps.

Donc, tous les mardis, la mère Clochette arrivait entre six heures et demie et sept heures du matin et montait aussitôt dans la lingerie se mettre au travail.

C'était une haute femme maigre, barbue, ou plutôt poilue, car elle avait de la barbe sur toute la figure, une barbe surprenante, inattendue, poussée par bouquets invraisemblables, par touffes frisées qui semblaient semées par un fou à travers ce grand visage de gendarme en jupes. Elle en avait sur le nez, sous le nez, autour du nez, sur le menton, sur les joues ; et ses sourcils d'une épaisseur et d'une longueur extravagantes, tout gris, touffus, hérissés, avaient tout à fait l'air d'une paire de

sont-ils... ! = comme ils sont... ! □ **étrange :** singulier
puisse < pouvoir □ **défaire :** séparer
saurais : pourrais
vif : présent, vivant
esprit, m. : pensée □ **tant :** un si grand nombre
émouvant(es) : touchant □ **m'étonne :** suis étonné
figure : visage
la mère C... : manière familière d'appeler une vieille femme
connus < connaître □ **autrefois :** dans un passé éloigné

couturière : femme qui fait de la couture
semaine : 7 jours □ **raccommoder :** réparer
demeure(s) : résidence
campagne, f. ≠ ville
toit : partie qui couvre une maison □ **aigu :** en pointe, élevé
ferme(s) : exploitation agricole □ **autour :** à proximité
bourg : village qui sert de marché
serré : aggloméré, pressé □ **église,** f. : temple chrétien

lingerie : pièce où on range le linge □ **se mettre au :** commencer le □ **maigre** ≠ gros □ **barbu(e)** < barbe (poils sur le visage des hommes) □ **poilu(e) :** couvert de poils (moustache, barbe...)
surprenante, inattendue : extraordinaire □ **poussé(e) :** développé
invraisemblable(s) : incroyable □ **touffe(s) :** paquet □ **frisé(es) :** bouclé □ **semé(es) :** jeté de tous côtés
jupe(s), f. : vêtement de femme □ on respire par **le nez**
menton : bas du visage □ **les joues** sont de chaque côté du nez □ **sourcil(s),** m. : ligne de poils au-dessus de l'œil □ **épaisseur :** densité □ **hérissé(s) :** dressé □ **l'air de :** l'apparence de

moustaches placées là par erreur.

Elle boitait, non pas comme boitent les estropiés ordinaires, mais comme un navire à l'ancre. Quand elle posait sur sa bonne jambe son grand corps osseux et dévié, elle semblait prendre son élan pour monter sur une vague monstrueuse, puis, tout à coup, elle plongeait comme pour disparaître dans un abîme, elle s'enfonçait dans le sol. Sa marche éveillait bien l'idée d'une tempête, tant elle se balançait en même temps ; et sa tête toujours coiffée d'un énorme bonnet blanc, dont les rubans lui flottaient dans le dos, semblait traverser l'horizon, du nord au sud et du sud au nord, à chacun de ses mouvements.

J'adorais cette mère Clochette. Aussitôt levé je montais dans la lingerie où je la trouvais installée à coudre, une chaufferette sous les pieds. Dès que j'arrivais, elle me forçait à prendre cette chaufferette et à m'asseoir dessus pour ne pas m'enrhumer dans cette vaste pièce froide, placée sous le toit.

« Ça te tire le sang de la gorge », disait-elle.

Elle me contait des histoires, tout en reprisant le linge avec ses longs doigts crochus, qui étaient vifs ; ses yeux derrière ses lunettes aux verres grossissants, car l'âge avait affaibli sa vue, me paraissaient énormes, étrangement profonds, doubles.

Elle avait, autant que je puis me rappeler les choses qu'elle me disait et dont mon cœur d'enfant était remué, une âme magnanime de pauvre femme. Elle voyait gros et simple. Elle me contait les événements du bourg, l'histoire d'une vache qui s'était sauvée de l'étable et qu'on avait retrouvée, un matin, devant le moulin de Prosper Malet, regardant tourner les ailes de bois, ou

boitait: marchait mal (sur des jambes inégales) □ **estropié(s)**: mutilé □ **navire**: gros bateau □ une **ancre** sert à immobiliser un bateau □ **osseux** < os: avec des os proéminents
dévié: déséquilibré □ **prendre son élan**: faire un effort à l'avance □ **vague**: onde de la mer
abîme: trou profond □ **s'enfonçait**: pénétrait
sol: surface de la terre, ou d'une pièce □ **éveillait**: évoquait
se balançait: oscillait
coiffé(e): couvert □ **ruban(s)**, m.: long morceau de tissu qui sert d'ornement □ **dos**: l'arrière du corps

aussitôt levé: immédiatement après être sorti du lit

coudre: faire de la couture □ **chaufferette**: objet qui permet de garder les pieds au chaud □ **dès que**: quand
m'enrhumer: prendre froid

tire... de: fait venir □ **sang**: liquide rouge du corps □ **gorge**: fond de la bouche □ **contait**: racontait □ **reprisant**: réparant
crochu(s): très courbé □ **vif(s)**: agile
les **lunettes** aident à voir □ **grossissant(s)**: rendant plus gros
affaibli: diminué □ **vue**: faculté de voir □ **paraissaient**: semblaient
autant que: dans la mesure où □ **puis** = peux □ **rappeler**: mettre encore en mémoire □ **remué**: troublé
voyait gros: avait un jugement global (cf. voir juste, loin)

une **vache** donne du lait □ **s'était sauvée**: était vite partie
retrouvé(e): découvert □ **moulin**: édifice où on moud le grain
le vent fait tourner les 4 **ailes** □ **bois,** m.: matériau naturel

l'histoire d'un œuf de poule découvert dans le clocher de l'église sans qu'on eût jamais compris quelle bête était venue le pondre là, ou l'histoire du chien de Jean-Jean Pilas, qui avait été reprendre à dix lieues du village la culotte de son maître volée par un passant tandis qu'elle séchait devant la porte après une course à la pluie. Elle me contait ces naïves aventures de telle façon qu'elles prenaient en mon esprit des proportions de drames inoubliables, de poèmes grandioses et mystérieux ; et les
10 contes ingénieux inventés par des poètes et que me narrait ma mère, le soir, n'avaient point cette saveur, cette ampleur, cette puissance des récits de la paysanne.

Or, un mardi, comme j'avais passé toute la matinée à écouter la mère Clochette, je voulus remonter près d'elle, dans la journée, après avoir été cueillir des noisettes avec le domestique, au bois des Hallets, derrière la ferme de Noirpré. Je me rappelle tout cela aussi nettement que les
20 choses d'hier.

Or, en ouvrant la porte de la lingerie, j'aperçus la vieille couturière étendue sur le sol, à côté de sa chaise, la face par terre, les bras allongés, tenant encore son aiguille d'une main, et de l'autre, une de mes chemises. Une de ses jambes, dans un bas bleu, la grande sans doute, s'allongeait sous sa chaise ; et les lunettes brillaient au pied de la muraille, ayant roulé loin d'elle.

Je me sauvai en poussant des cris aigus. On accourut ;
30 et j'appris au bout de quelques minutes que la mère Clochette était morte.

Je ne saurais dire l'émotion profonde, poignante,

poule, f. : femelle du coq □ **clocher** : tour où sont les cloches
jamais : une fois, à un moment donné
pondre : produire un œuf
reprendre : récupérer □ **lieue(s), f.** : 4 kilomètres (≠ lieu, m.)
culotte : pantalon □ **volé(e)** : emporté □ **tandis qu'** : pendant qu'
séchait : perdait son humidité □ **course** : marche rapide □ **à** : sous □ **pluie** : eau qui tombe des nuages

inoubliable(s) < oublier : dont on garde le souvenir
conte(s) : histoire imaginée, fable
narrait : racontait
ampleur : grande dimension □ **puissance** : pouvoir □ **récit(s),** m. : histoire □ **paysanne** : femme de la campagne

or : introduit un événement particulier □ **matinée** = matin
écouter : entendre parler
cueillir : récolter □ **noisette(s), f.** : petit fruit sec
bois : petite forêt
nettement : clairement

aperçus : vis (rapidement)
étendu(e) : allongé, placé sur toute sa longueur

aiguille, f. : objet métallique très fin, pour coudre □ **chemise(s)** : vêtement léger du haut du corps □ **un bas** couvre le pied et toute la jambe
muraille : mur épais □ **loin** : à une certaine distance

poussant : faisant entendre □ **aigu(s)** : perçant □ **accourut** : vint vite de tous côtés □ **au bout de** : après

terrible, qui crispa mon cœur d'enfant. Je descendis à petits pas dans le salon et j'allai me cacher dans un coin sombre, au fond d'une immense et antique bergère où je me mis à genoux pour pleurer. Je restai là longtemps sans doute, car la nuit vint.

Tout à coup on entra avec une lampe, mais on ne me vit pas et j'entendis mon père et ma mère causer avec le médecin, dont je reconnus la voix.

On l'avait été chercher bien vite et il expliquait les causes de l'accident. Je n'y compris rien d'ailleurs. Puis il s'assit, et accepta un verre de liqueur avec un biscuit.

Il parlait toujours; et ce qu'il dit alors me reste et me restera gravé dans l'âme jusqu'à ma mort! Je crois que je puis reproduire même presque absolument les termes dont il se servit.

Ah! disait-il, la pauvre femme! ce fut ici ma première cliente. Elle se cassa la jambe le jour de mon arrivée et je n'avais pas eu le temps de me laver les mains en descendant de la diligence quand on vint me quérir en toute hâte, car c'était grave, très grave.

Elle avait dix-sept ans, et c'était une très belle fille, très belle, très belle! L'aurait-on cru? Quant à son histoire, je ne l'ai jamais dite; et personne hors moi et un autre qui n'est plus dans le pays ne l'a jamais sue. Maintenant qu'elle est morte, je puis être moins discret.

À cette époque-là venait de s'installer, dans le bourg, un jeune aide-instituteur qui avait une jolie figure et une belle taille de sous-officier. Toutes les filles lui couraient après, et il faisait le dédaigneux, ayant grand-peur

crispa: contracta □ **cœur**: centre des émotions □ **à petits pas**: tout doucement □ **cacher**: dissimuler □ **coin**: lieu écarté
fond: creux □ **bergère**: grand et large fauteuil
genou(x), m.: partie au milieu de la jambe □ **pleurer**: verser des larmes □ **restai**: fus immobile □ **sans doute**: peut-être
tout à coup: soudainement
causer: parler
médecin: docteur
avait été: était allé □ **(le) chercher**: faire venir □ **expliquait**: faisait comprendre clairement □ **d'ailleurs**: en fait

restera gravé: sera fortement fixé □ **âme, f.**: esprit
presque: pas tout à fait
dont il se servit: qu'il utilisa

client(e): un(e) patient(e) □ **cassa**: fractura
laver: rendre propre(s) □ **diligence**: véhicule public
quérir = chercher (n'existe qu'à l'infinitif après aller, envoyer, faire)

quant à: en ce qui concerne
hors: en dehors de, excepté
n'est plus dans = a quitté □ **le pays**: ce gros village

instituteur: qqn qui enseigne à l'école primaire
taille: stature □ **sous-officier, m.**: sergent... □ **lui couraient après**: le voulaient □ **dédaigneux**: indifférent □ **grand-** = très

d'ailleurs du maître d'école, son supérieur, le père Grabu, qui n'était pas bien levé tous les jours.

Le père Grabu employait déjà comme couturière la belle Hortense, qui vient de mourir chez vous et qu'on baptisa plus tard Clochette, après son accident. L'aide-instituteur distingua cette belle fillette, qui fut sans doute flattée d'être choisie par cet imprenable conquérant; toujours est-il qu'elle l'aima, et qu'il obtint un premier rendez-vous, dans le grenier de l'école, à la fin d'un jour de couture, la nuit venue.

Elle fit donc semblant de rentrer chez elle, mais au lieu de descendre l'escalier en sortant de chez les Grabu, elle le monta, et alla se cacher dans le foin, pour attendre son amoureux. Il l'y rejoignit bientôt, et il commençait à lui conter fleurette, quand la porte de ce grenier s'ouvrit de nouveau et le maître d'école parut et demanda :

« Qu'est-ce que vous faites là-haut, Sigisbert ? »

Sentant qu'il serait pris, le jeune instituteur, affolé, répondit stupidement :

« J'étais monté me reposer un peu sur les bottes, monsieur Grabu. »

Ce grenier était très grand, très vaste, absolument noir; et Sigisbert poussait vers le fond la jeune fille effarée, en répétant : « Allez là-bas, cachez-vous. Je vais perdre ma place, sauvez-vous, cachez-vous ! »

Le maître d'école entendant murmurer, reprit : « Vous n'êtes donc pas seul ici ?

— Mais oui, monsieur Grabu !

— Mais non, puisque vous parlez.

— Je vous jure que oui, monsieur Grabu.

— C'est ce que je vais savoir », reprit le vieux; et

n'était pas bien levé : n'était pas de bonne humeur

vient de mourir : est morte depuis peu de temps
baptisa : appela
distingua : fit attention à □ **sans doute** : probablement
imprenable : invincible
toujours est-il qu' : ce qui est sûr, c'est qu'
grenier : partie la plus haute d'une maison, sous le toit

fit... semblant de... : fit comme si elle rentrait

foin : herbe séchée pour la nourriture des chevaux
attendre : patienter jusqu'à ce qu'arrive □ **rejoignit** : retrouva
conter fleurette : parler d'amour
de nouveau : encore

sentant : comprenant □ **affolé** : très troublé

botte(s), f. : paquet de foin attaché par une corde

fond : l'autre extrémité
effaré(e) : terrifié
perdre ma place : être renvoyé (**place** : situation)
reprit : continua

jure : fais le serment

fermant la porte à double tour, il descendit chercher une chandelle.

Alors le jeune homme, un lâche comme on en trouve souvent, perdit la tête et il répétait, paraît-il, devenu furieux tout à coup : « Mais cachez-vous, qu'il ne vous trouve pas. Vous allez me mettre sans pain pour toute ma vie. Vous allez briser ma carrière... Cachez-vous donc ! »

On entendait la clef qui tournait de nouveau dans la serrure.

Hortense courut à la lucarne qui donnait sur la rue, l'ouvrit brusquement, puis, d'une voix basse et résolue :

« Vous viendrez me ramasser quand il sera parti », dit-elle.

Et elle sauta.

Le père Grabu ne trouva personne et redescendit, fort surpris.

Un quart d'heure plus tard, M. Sigisbert entrait chez moi et me contait son aventure. La jeune fille était restée au pied du mur incapable de se lever, étant tombée de deux étages. J'allai la chercher avec lui. Il pleuvait à verse, et j'apportai chez moi cette malheureuse dont la jambe droite était brisée à trois places, et dont les os avaient crevé les chairs. Elle ne se plaignait pas et disait seulement avec une admirable résignation : « Je suis punie, bien punie ! »

Je fis venir du secours et les parents de l'ouvrière, à qui je contai la fable d'une voiture emportée qui l'avait renversée et estropiée devant ma porte.

On me crut, et la gendarmerie chercha en vain, pendant un mois, l'auteur de cet accident.

à double tour (de clef dans la serrure, l. 9)
une chandelle donne de la lumière
lâche: couard, sans courage □ **comme on en trouve**: comme c'est le cas □ **souvent**: fréquemment □ **perdit la tête**: se paniqua
mettre sans pain: rendre indigent
briser: mettre une fin brutale à

la clef actionne la serrure
serrure: mécanisme de fermeture de sécurité
courut: se précipita □ **lucarne**: petite fenêtre sur un toit
bas(se): peu audible

ramasser: prendre par terre

sauta: fit un bond

plus tard: après cela

mur: partie verticale de la maison □ **lever**: mettre debout
étage(s), m.: division en hauteur d'une maison □ **il pleuvait à verse**: la pluie tombait abondamment □ **apportai**: transportai
les os forment le squelette
crevé: transpercé □ **chair(s)**, f.: partie molle du corps □ **se plaignait** < plaindre: se lamentait
puni(e): châtié
secours: aide □ **ouvrière**: femme qui travaille de ses mains
voiture: véhicule □ **emporté(e)**: entraîné furieusement par son cheval □ **renversé(e)**: poussé à terre
en vain: inutilement

Voilà ! Et je dis que cette femme fut une héroïne, de la race de celles qui accomplissent les plus belles actions historiques.

Ce fut là son seul amour. Elle est morte vierge. C'est une martyre, une grande âme, une Dévouée sublime ! Et si je ne l'admirais pas absolument je ne vous aurais pas conté cette histoire, que je n'ai jamais voulu dire à personne pendant sa vie, vous comprenez pourquoi.

10 Le médecin s'était tu. Maman pleurait. Papa prononça quelques mots que je ne saisis pas bien ; puis ils s'en allèrent.

Et je restai à genoux sur ma bergère, sanglotant, pendant que j'entendais un bruit étrange de pas lourds et de heurts dans l'escalier.

On emportait le corps de Clochette.

voilà ! = c'est la fin

dévoué(e) : sacrifié

s'était tu : avait fini de parler
saisis : compris □ **s'en allèrent :** partirent

sanglotant : pleurant avec des spasmes
lourd(s) ≠ léger
heurt(s), m. : choc, collision □ **escalier, m. :** communication entre les étages, pour descendre ou monter

Grammaire au fil des nouvelles

Remplissez les blancs avec le mot ou la forme grammaticale qui se trouve dans le texte (le premier chiffre renvoie à la page, le second à la ligne) :

Sont-ils étranges, ces anciens souvenirs ... vous hantent sans qu'on ... se défaire d'eux ! (pron. rel., pouvoir, 156. 1).

Mes parents habitaient une de ces demeures de campagne appelées châteaux, ... dépendent quatre ou cinq fermes (pron. rel., 156. 13).

Elle avait de la barbe sur toute la figure, une barbe ..., ..., ... par touffes ..., qui semblaient ... par un fou (accords d'adj. et de part. : surprenant, inattendu, poussé, frisé, semé, 156. 25).

Elle ..., non pas comme ... les estropiés ordinaires, mais comme un navire à l'ancre (boiter, 158. 2).

Sa tête était toujours coiffée d'un énorme bonnet blanc, ... les rubans lui flottaient dans le dos (pron. rel., 158. 9).

Les contes ingénieux inventés par des poètes ... me narrait ma mère, n'avaient point cette saveur (pron. rel., 160. 9).

Je voulus remonter près d'elle, après ... cueillir des noisettes avec le domestique (être, 160. 16).

J'aperçus la vieille couturière étendue sur le sol, les bras allongés, tenant encore son ... d'une main (objet métallique très fin pour coudre, 160. 21).

Je crois que je puis reproduire presque absolument les termes ... il se servit (pron. rel., 162. 14).

Quant à son histoire, je ne l'ai jamais ... ; personne ne l'a jamais ... (dire, savoir, 162. 24).

Il l'y rejoignit bientôt, et il ... à lui conter fleurette, quand la porte de ce grenier ... et le maître d'école ... et ... (commencer, s'ouvrir, paraître, demander, 164. 14)

« Vous viendrez me ramasser quand il ... », dit-elle (partir, 166. 14).

Voilà ! Et je dis que cette femme fut une héroïne, de la race de ... qui accomplissent les plus belles actions (pron. démonst., 168. 1).

Si je ne l'admirais pas absolument je ne vous ... pas ... cette histoire (conter, 168. 6).

LE DIABLE

Deux sujets favoris de Maupassant sont liés dans cette comédie de mœurs rustiques : l'avarice inimaginable du paysan normand et la mort qui ne se décide pas à venir à l'heure.

Le fils Bontemps (Honoré) et la Rapet — quel nom! —, champions l'un et l'autre de parcimonie, s'opposent âprement. Leurs dialogues sont à leur image. Pas un mot, pas une syllabe de trop. Lequel des deux est le plus fort en affaires ? C'est la question qui finit par capter notre intérêt, malgré nous. Et Maupassant, qui a l'art d'achever un récit, n'y répond qu'au dernier paragraphe.

On en oublie un peu la pauvre mourante de quatre-vingt-douze ans, soutenue par les prières et les derniers sacrements de la Sainte Église, expédiée dans l'éternité avec l'aide du diable. On devine qu'avant de quitter ce monde, elle a pourtant eu le temps d'admirer au fond d'elle-même la sage conduite d'un fils qui ne perdait ni le sens de l'épargne ni celui du devoir le plus sacré, qui est de rentrer le blé, quand il est coupé.

Ainsi va la vie, après la mort.

Ce conte est également de 1886, publié dans *Le Gaulois*, et intégré en 1887 dans *Le Horla*.

Le paysan restait debout en face du médecin, devant le lit de la mourante. La vieille, calme, résignée, lucide, regardait les deux hommes et les écoutait causer. Elle allait mourir ; elle ne se révoltait pas, son temps était fini, elle avait quatre-vingt-douze ans.

Par la fenêtre et la porte ouvertes, le soleil de juillet entrait à flots, jetait sa flamme chaude sur le sol de terre brune, onduleux et battu par les sabots de quatre générations de rustres. Les odeurs des champs venaient 10 aussi, poussées par la brise cuisante, odeurs des herbes, des blés, des feuilles, brûlés sous la chaleur de midi. Les sauterelles s'égosillaient, emplissaient la campagne d'un crépitement clair, pareil au bruit des criquets de bois qu'on vend aux enfants dans les foires.

Le médecin, élevant la voix, disait ;

« Honoré, vous ne pouvez pas laisser votre mère toute seule dans cet état-là. Elle passera d'un moment à l'autre ! »

Et le paysan, désolé, répétait :

20 « Faut pourtant que j'rentre mon blé ; v'là trop longtemps qu'il est à terre. L' temps est bon, justement. Qué qu't'en dis, ma mé ? »

Et la vieille mourante, tenaillée encore par l'avarice normande, faisait « oui » de l'œil et du front, engageait son fils à rentrer son blé et à la laisser mourir toute seule.

Mais le médecin se fâcha et, tapant du pied :

« Vous n'êtes qu'une brute, entendez-vous, et je ne vous permettrai pas de faire ça, entendez-vous ! Et, si 30 vous êtes forcé de rentrer votre blé aujourd'hui même, allez chercher la Rapet, parbleu ! et faites-lui garder votre mère. Je le veux, entendez-vous ! Et si vous ne

paysan: homme de la campagne, fermier □ **restait:** était immobile □ **médecin:** docteur □ **mourant(e)** < mourir □ **la vieille** (femme) ≠ jeune femme □ **écoutait:** entendait □ **causer:** parler □ **allait mourir:** serait morte dans peu de temps

fenêtre: ouverture qui donne de la lumière et de l'air
à flots: abondamment □ **jetait:** envoyait □ on marche sur **le sol** □ **battu:** tapé
rustres, m.: gens sans éducation □ **champ(s),** m.: terre cultivée
cuisant(e): torride □ les **herbes** couvrent les prairies
blé(s), m.: céréale du pain □ **brûlé(s):** très sec □ **midi:** 12 heures □ **sauterelle(s),** f.: insecte □ **s'égosillaient:** criaient □ **emplissaient:** envahissaient □ **crépitement:** craquement □ **pareil:** semblable □ **criquet(s) de bois,** m.: jouet □ **foire(s),** f.: fête publique □ **élevant la voix:** parlant plus fort

passera (dans l'autre monde) = mourra

désolé: avec consternation
faut pourtant...: mais il faut... □ **j':** je □ **v'là:** voilà
l'temps est bon: il fait beau □ **justement:** précisément
qué qu't'...?: qu'est-ce que tu...? □ **mé** = mère
tenaillé(e): tourmenté
front: haut du visage □ **engageait:** exhortait

se fâcha: s'indigna

aujourd'hui même: pas un autre jour
chercher: (lui) demander de venir □ **parbleu!:** bon Dieu!

m'obéissez pas, je vous laisserai crever comme un chien, quand vous serez malade à votre tour, entendez-vous ? »

Le paysan, un grand maigre, aux gestes lents, torturé par l'indécision, par la peur du médecin et par l'amour féroce de l'épargne, hésitait, calculait, balbutiait :

« Comben qu'é prend, la Rapet, pour une garde ? »

Le médecin criait :

« Est-ce que je sais, moi ? Ça dépend du temps que
10 vous lui demanderez. Arrangez-vous avec elle, morbleu ! Mais je veux qu'elle soit ici dans une heure, entendez-vous ? »

L'homme se décida :

« J'y vas, j'y vas ; vous fâchez point, m'sieu l'médecin. »

Et le docteur s'en alla, en appelant :

« Vous savez, vous savez, prenez garde, car je ne badine pas quand je me fâche, moi ! »

Dès qu'il fut seul, le paysan se tourna vers sa mère, et,
20 d'une voix résignée :

« J'vas quéri la Rapet, pisqu'il veut, c't'homme. T'éluge point tant qu'je r'vienne. »

Et il sortit à son tour.

La Rapet, une vieille repasseuse, gardait les morts et les mourants de la commune et des environs. Puis, dès qu'elle avait cousu ses clients dans le drap dont ils ne devaient plus sortir, elle revenait prendre son fer dont elle frottait le linge des vivants. Ridée comme une
30 pomme de l'autre année, méchante, jalouse, avare d'une avarice tenant du phénomène, courbée en deux comme si elle eût été cassée aux reins par l'éternel mouvement

crever : mourir
malade : en mauvaise santé □ **à votre tour** = vous aussi (l. 23)

geste(s), m. : mouvement du corps □ **lent(s)** ≠ rapide
peur : crainte
épargne, f. : économie □ **balbutiait** : disait en hésitant
comben : combien □ **é** : elle □ **prend** : demande d'argent

morbleu! : juron d'homme impatient

vas : vais □ **m'sieu** : monsieur

appelant : disant d'une certaine distance
prenez garde : faites attention □ **je ne badine pas** : je suis très sévère (**badiner** : s'amuser)
dès qu' : quand

quéri(r) : chercher □ **pisqu'** : puisqu' □ **c't'** : cet
(ne) t'éluge point : ne t'inquiète pas (dialectal) □ **tant qu'** : jusqu'à ce que

repasseuse : femme qui passe un fer chaud sur le linge (l. 28)
commune : village ou petite ville □ **environs**, m. pl. : lieux à proximité □ **cousu** < coudre : attaché avec un fil □ **drap** : linge blanc □ **devaient** : allaient □ **fer** : instrument pour repasser
frottait : (ici) repassait □ les **vivants** ≠ les morts □ **ridé(e)** : ayant la peau marquée □ **pomme** : fruit □ **autre** : précédente □ **méchant(e)** ≠ bon □ **tenant du** : similaire à un □ **courbé(e)** : incliné □ **cassé(e)** : brisé □ **reins** : (ici) le dos

du fer promené sur les toiles, on eût dit qu'elle avait pour l'agonie une sorte d'amour monstrueux et cynique. Elle ne parlait jamais que des gens qu'elle avait vus mourir, de toutes les variétés de trépas auxquelles elle avait assisté ; et elle les racontait avec une grande minutie de détails toujours pareils, comme un chasseur raconte ses coups de fusil.

Quand Honoré Bontemps entra chez elle, il la trouva préparant de l'eau bleue pour les collerettes des villageoises.

Il dit :

« Allons, bonsoir ; ça va-t-il comme vous voulez, la mé Rapet ? »

Elle tourna vers lui la tête :

« Tout d'même, tout d'même. Et d' vot' part?

— Oh! d'ma part, ça va-t-à volonté, mais c'est ma mé qui n'va point.

— Vot' mé ?

— Oui, ma mé !

— Qué qu'alle a votre mé?

— All'a qu'a va tourner d'l'œil ! »

La vieille femme retira ses mains de l'eau, dont les gouttes, bleuâtres et transparentes, lui glissaient jusqu'au bout des doigts, pour retomber dans le baquet.

Elle demanda, avec une sympathie subite :

« All'est si bas qu'ça ?

— L'médecin dit qu'all' n'passera point la r'levée.

— Pour sûr qu'all' est bas alors ! »

Honoré hésita. Il lui fallait quelques préambules pour la proposition qu'il préparait. Mais comme il ne trouvait rien, il se décida tout d'un coup :

« Comben qu'vous m'prendrez pour la garder

toile(s), f. : tissu, pièce de textile
agonie, f. : moments qui précèdent la mort
gens, pl. : personnes
trépas, m. : mort, décès
avait assisté : avait été présent(e)
pareil(s) : identique □ **chasseur** : qqn qui capture ou tue les animaux □ **coup(s) de fusil,** m. : tir □ **fusil,** m. : arme à feu

eau bleue : produit pour azurer le linge □ **collerette(s),** f. : col ornemental d'un vêtement □ **villageoise(s)** : femme d'un village

tout d'même : plus ou moins □ **d' vot' part?** = et vous?
-t- : lettre ajoutée incorrectement □ **à volonté** : comme je veux

qué qu'alle a...? = qu'est-ce qu'elle a...?
tourner d'l'œil : perdre connaissance (mourir)
retira : sortit
goutte(s), f. : petite quantité de liquide □ **glissaient** : descendaient □ **bout** : extrémité □ **baquet** : récipient de bois où on lave le linge □ **subit(e)** : soudain
est si bas : ... si malade
la r(e)levée = l'après-midi

tout d'un coup : soudainement
comben qu'vous m'prendrez...? : combien me prendrez-vous...?

jusqu'au bout ? Vô savez que j'sommes point riche. J'peux seulement point m'payer eune servante. C'est ben ça qui l'a mise là, ma pauv' mé, trop d'élugement, trop d'fatigue ! A travaillait comme dix, nonobstant ses quatre-vingt-douze. On n'en fait pu de c'te graine-là !... »

La Rapet répliqua gravement :

« Y a deux prix : quarante sous l'jour, et trois francs la nuit pour les riches. Vingt sous l'jour et quarante la nuit pour l'zautres. Vô m'donnerez vingt et quarante. »

Mais le paysan réfléchissait. Il la connaissait bien, sa mère. Il savait comme elle était tenace, vigoureuse, résistante. Ça pouvait durer huit jours, malgré l'avis du médecin.

Il dit résolument :

« Non. J'aime ben qu'vô me fassiez un prix, là, un prix pour jusqu'au bout. J'courrons la chance d'part et d'autre. L'médecin dit qu'alle passera tantôt. Si ça s'fait tant mieux pour vous, tant pis pour mé. Ma si all' tient jusqu'à demain ou pu longtemps tant mieux pour mé, tant pis pour vous ! »

La garde, surprise, regardait l'homme. Elle n'avait jamais traité un trépas à forfait. Elle hésitait, tentée par l'idée d'une chance à courir. Puis elle soupçonna qu'on voulait la jouer.

« J'peux rien dire tant qu'j'aurai point vu vot' mé, répondit-elle.

— V'nez-y, la vé. »

Elle essuya ses mains et le suivit aussitôt.

En route, ils ne parlèrent point. Elle allait d'un pied pressé, tandis qu'il allongeait ses grandes jambes comme s'il devait, à chaque pas, traverser un ruisseau.

jusqu'au bout: jusqu'à sa mort □ **vô**: vous □ **j'sommes**: je suis
seulement: même □ **eune**: une □ **ben**: bien
élugement (174. 22): inquiétude
nonobstant: malgré, en dépit de
on n'en fait pu: il n'en existe plus □ **c'te graine-là**: cette race-là
(on ne fabrique plus des gens solides comme cela)

y a: il y a □ **prix**, m.: tarif □ **quarante sous** = 2 francs
vingt sous = 1 franc
l'zautres: les autres
réfléchissait: méditait

durer: se prolonger □ **avis**, m.: opinion

j'courrons la chance: nous prendrons le risque □ **d'part et
d'autre**: l'un et l'autre □ **tantôt**: cet après-midi
tant mieux: c'est très bien □ **... pis**: ... très mauvais □ **mé**: moi
pu: plus

traité: négocié □ **à forfait**: à un prix fixe □ **tenté(e)**: attiré
soupçonna: suspecta
jouer: duper

v'nez: venez □ **vé**: voir
essuya: sécha □ **suivit**: partit derrière lui □ **aussitôt**: tout de
suite
pressé: rapide □ **tandis que**: pendant que □ **allongeait**: étendait
ruisseau: petite rivière

Les vaches couchées dans les champs, accablées par la chaleur, levaient lourdement la tête et poussaient un faible meuglement vers ces deux gens qui passaient, pour leur demander de l'herbe fraîche.

En approchant de sa maison, Honoré Bontemps murmura :

« Si c'était fini, tout d'même ? »

Et le désir inconscient qu'il en avait se manifesta dans le son de sa voix.

Mais la vieille n'était pas morte. Elle demeurait sur le dos, en son grabat, les mains sur la couverture d'indienne violette, des mains affreusement maigres, nouées, pareilles à des bêtes étranges, à des crabes, et fermées par les rhumatismes, les fatigues, les besognes presque séculaires qu'elles avaient accomplies.

La Rapet s'approcha du lit et considéra la mourante. Elle lui tâta le pouls, lui palpa la poitrine, l'écouta respirer, la questionna pour l'entendre parler ; puis l'ayant encore longtemps contemplée, elle sortit suivie d'Honoré. Son opinion était assise. La vieille n'irait pas à la nuit. Il demanda :

« Hé ben ? »

La garde répondit :

« Hé ben, ça durera deux jours, p'tet' trois. Vous me donnerez six francs, tout compris. »

Il s'écria :

« Six francs ! six francs ! Avez-vous perdu le sens ? Mé, je vous dis qu'elle en a pour cinq ou six heures, pas plus ! »

Et ils discutèrent longtemps, acharnés tous deux. Comme la garde allait se retirer, comme le temps passait, comme son blé ne se rentrerait pas tout seul, à

vache(s) : animal qui donne du lait ☐ **couché(es)** ≠ debout ☐
accablé(es) : exténué ☐ **levaient :** dressaient ☐ **lourdement :** avec
difficulté ☐ **poussaient un meuglement :** faisaient entendre leur
cri ☐ **fraîche,** f. de frais ≠ sec

demeurait : était immobile
dos : l'arrière du corps ☐ **grabat,** m. : lit pauvre ☐ **couverture :**
pièce d'étoffe ☐ **indienne :** tissu en coton ☐ **affreusement :**
terriblement ☐ **maigre(s) :** émacié ☐ **noué(es) :** déformé
besogne(s), f. : travail difficile
presque : pas tout à fait ☐ **séculaire(s)** < siècle, 100 ans

tâta le pouls : compta les pulsations ☐ **palpa la poitrine :** toucha
le devant du corps

assis(e) : solidement établi ☐ **n'irait pas à :** mourrait avant

hé ben ? : et alors ?

p'tet' : peut-être, probablement
compris : inclus

perdu le sens : ... la raison, le bon sens

acharné(s) : obstiné

la fin, il consentit :

« Eh ben, c'est dit, six francs, tout compris, jusqu'à l'v'ée du corps.

— C'est dit, six francs. »

Et il s'en alla, à longs pas, vers son blé couché sur le sol, sous le lourd soleil qui mûrit les moissons.

La garde rentra dans la maison.

Elle avait apporté de l'ouvrage ; car auprès des mourants et des morts elle travaillait sans relâche, tantôt pour elle, tantôt pour la famille qui l'employait à cette double besogne moyennant un supplément de salaire.

Tout à coup, elle demanda :

« Vous a-t-on administrée au moins, la mé Bontemps ? »

La paysanne fit « non » de la tête ; et la Rapet qui était dévote, se leva avec vivacité.

Et elle se précipita vers le presbytère, si vite, que les gamins, sur la place, la voyant trotter ainsi, crurent un malheur arrivé.

Le prêtre s'en vint aussitôt, en surplis, précédé de l'enfant de chœur qui sonnait une clochette pour annoncer le passage de Dieu dans la campagne brûlante et calme. Des hommes, qui travaillaient au loin, ôtaient leurs grands chapeaux et demeuraient immobiles en attendant que le blanc vêtement eût disparu derrière une ferme ; les femmes qui ramassaient les gerbes se redressaient pour faire le signe de la croix, des poules noires, effrayées, fuyaient le long des fossés en se balançant sur leurs pattes jusqu'au trou, bien connu d'elles, où elles disparaissaient brusquement ; un poulain, attaché dans un pré, prit peur à la vue du surplis et se

c'est dit: c'est d'accord
l'vée...: levée du corps (moment où on emporte le cercueil)

couché ≠ debout (le blé est déjà coupé, 172. 21) □ **sur le sol**: à terre □ **mûrit**: fait arriver à maturité □ **moisson(s)**, f.: les céréales prêtes pour la récolte
apporté: porté avec elle □ **ouvrage**, m.: travail à faire □ **car**: en effet □ **travaillait** à de la couture □ **sans relâche**: toujours □ **tantôt... tantôt**: parfois... parfois
moyennant: pour

administré(e): donné le sacrement des malades (l'extrême-onction)

dévot(e): zélé pour sa religion □ **se leva**: se mit debout
presbytère: habitation du prêtre □ **vite**: rapidement
gamin(s), m.: enfant □ **place** publique □ **crurent** < croire
malheur: catastrophe

(s'en) vint □ **surplis**, m.: vêtement liturgique blanc (l. 26)
enfant de chœur, m.: jeune assistant □ **sonnait**: faisait retentir
le passage de Dieu: le prêtre porte l'eucharistie
ôtaient: enlevaient
on porte un **chapeau** sur la tête

ferme: édifice agricole □ **ramassaient**: prenaient par terre □ **gerbe(s)**, f.: paquet de blé □ **signe de la croix**: geste rituel □ les **poules** font des œufs □ **effrayé(es)**: alarmé □ **fuyaient**: partaient □ **fossé(s)**, m.: bord de route creusé □ **patte(s)**, f.: jambe d'animal □ **trou**: cavité □ **brusquement**: soudain □ **poulain**: jeune cheval □ **pré**: prairie, champ □ **à la vue du**: en voyant

mit à tourner en rond au bout de sa corde, en lançant des ruades. L'enfant de chœur, en jupe rouge, allait vite ; et le prêtre, la tête inclinée sur une épaule et coiffé de sa barrette carrée, le suivait en murmurant des prières ; et la Rapet venait derrière, toute penchée, pliée en deux, comme pour se prosterner en marchant, et les mains jointes, comme à l'église.

Honoré, de loin, les vit passer. Il demanda :

« Oùsqu'i va, not'curé ? »

10 Son valet, plus subtil, répondit :

« I porte l'bon Dieu à ta mé, pardi ! »

Le paysan ne s'étonna pas :

« Ça s'peut ben, tout d'même ! »

Et il se remit au travail.

La mère Bontemps se confessa, reçut l'absolution, communia ; et le prêtre s'en revint, laissant seules les deux femmes dans la chaumière étouffante.

Alors la Rapet commença à considérer la mourante, en se demandant si cela durerait longtemps.

20 Le jour baissait ; l'air plus frais entrait par souffles plus vifs, faisant voltiger contre le mur une image d'Épinal tenue par deux épingles ; les petits rideaux de la fenêtre, jadis blancs, jaunes maintenant et couverts de taches de mouche, avaient l'air de s'envoler, de se débattre, de vouloir partir, comme l'âme de la vieille.

Elle, immobile, les yeux ouverts, semblait attendre avec indifférence la mort si proche qui tardait à venir. Son haleine, courte, sifflait un peu dans sa gorge serrée. Elle s'arrêterait tout à l'heure, et il y aurait sur 30 la terre une femme de moins, que personne ne regretterait.

À la nuit tombante, Honoré rentra. S'étant approché

lançant des ruades: jetant en l'air ses jambes arrière
jupe, f.: long vêtement rituel
épaule: jointure du bras et du corps □ **coiffé**: ayant sur la tête
barrette: bonnet noir et rigide du prêtre □ **carré(e)**: à 4 côtés
égaux □ **penché(e)**: incliné □ **plié(e)**: courbé
se prosterner: se baisser par respect
église, f.: temple chrétien

oùsqu'i...?: où est-ce qu'il...? □ **not'**: notre □ **curé**, m.: prêtre
responsable d'une paroisse □ **valet**: garçon de ferme
i: il □ **l'bon**: le bon □ **pardi!**: évidemment!
s'étonna: fut surpris

l'absolution, f.: le pardon de ses péchés
communia: prit l'eucharistie (une hostie)
chaumière: maison au toit couvert de chaume (plante sèche) □
étouffant(e): très chaud

baissait: diminuait □ **souffle(s)**: mouvement du vent
vif(s): fort □ **voltiger**: s'agiter □ **image d'Épinal**: gravure naïve
épingle(s), f.: bout de métal □ **rideau(x)**, m.: pièce de tissu
jadis: autrefois
tache(s), f.: saleté □ **mouche**, f.: insecte □ **avaient l'air**: semblaient □ **s'envoler**: partir en l'air □ **se débattre**: s'agiter □
âme, f.: substance spirituelle de l'être humain □ **attendre**: anticiper □ **tardait**: mettait du temps
haleine: respiration □ **sifflait**: faisait un bruit □ **gorge**: fond de
la bouche □ **serré(e)**: contracté □ **s'arrêterait**: finirait □ **tout à
l'heure**: dans peu de temps

du lit, il vit que sa mère vivait encore, et il demanda :

« Ça va-t-il ? »

Comme il faisait autrefois quand elle était indisposée.

Puis il renvoya la Rapet en lui recommandant :

« D'main, cinq heures, sans faute. »

Elle répondit :

« D'main, cinq heures. »

Elle arriva, en effet, au jour levant.

Honoré, avant de se rendre aux terres, mangeait sa soupe, qu'il avait faite lui-même.

La garde demanda :

« Eh ben, vot' mé a-t-all' passé ? »

Il répondit, avec un pli malin au coin des yeux :

« All' va plutôt mieux. »

Et il s'en alla.

Et la garde comprit que cela pouvait durer deux jours, quatre jours, huit jours ainsi ; et une épouvante étreignit son cœur d'avare, tandis qu'une colère furieuse la soulevait contre ce finaud qui l'avait jouée et contre cette femme qui ne mourait pas.

Elle se mit au travail néanmoins et attendit, le regard fixé sur la face ridée de la mère Bontemps.

Honoré revint pour déjeuner ; il semblait content, presque goguenard ; puis il repartit. Il rentrait son blé, décidément, dans des conditions excellentes.

La Rapet s'exaspérait ; chaque minute écoulée lui semblait, maintenant, du temps volé, de l'argent volé. Elle avait envie, une envie folle de prendre par le cou cette vieille bourrique, cette vieille têtue, cette vieille obstinée, et d'arrêter, en serrant un peu, ce petit souffle

vit < voir (passé simple) □ **vivait** < vivre (imparfait)

renvoya : fit partir □ **lui recommandant** : l'enjoignant
d'main : demain □ **sans faute** : sûrement

au jour levant : au début du jour
se rendre : aller

avec un pli malin au coin des… : ses yeux montrant de la ruse
plutôt : à un certain point

épouvante : terreur □ **étreignit** < étreindre : prit fortement
cœur : organe, siège des émotions □ **colère** : irritation
soulevait : emportait □ **finaud** : hypocrite, rusé

néanmoins : malgré cela

goguenard : jovial

écoulé(e) : passé
volé : pris frauduleusement
fol(le) : incontrôlable □ **cou** : partie du corps sous la tête
bourrique : ânesse, animal obstiné □ **têtu(e)** : déterminé, résolu
arrêter : terminer □ **serrant** : pressant □ **souffle** : respiration

rapide qui lui volait son temps et son argent.

Puis elle réfléchit au danger ; et, d'autres idées lui passant par la tête, elle se rapprocha du lit.

Elle demanda :

« Vous avez-t-il déjà vu l'Diable ? »

La mère Bontemps murmura :

« Non. »

Alors la garde se mit à causer, à lui conter des histoires pour terroriser son âme débile de mourante.

Quelques minutes avant qu'on expirât, le Diable apparaissait, disait-elle, à tous les agonisants. Il avait un balai à la main, une marmite sur la tête, et il poussait de grands cris. Quand on l'avait vu, c'était fini, on n'en avait plus que pour peu d'instants. Et elle énumérait tous ceux à qui le Diable était apparu devant elle, cette année-là : Joséphin Loisel, Eulalie Ratier, Sophie Padagnau, Séraphine Grospied.

La mère Bontemps, émue enfin, s'agitait, remuait les mains, essayait de tourner la tête pour regarder au fond de la chambre.

Soudain la Rapet disparut au pied du lit. Dans l'armoire, elle prit un drap et s'enveloppa dedans ; elle se coiffa de la marmite, dont les trois pieds courts et courbés se dressaient ainsi que trois cornes ; elle saisit un balai de sa main droite, et, de la main gauche, un seau de fer-blanc, qu'elle jeta brusquement en l'air pour qu'il retombât avec bruit.

Il fit, en heurtant le sol, un fracas épouvantable ; alors, grimpée sur une chaise, la garde souleva le rideau qui pendait au bout du lit, et elle apparut, gesticulant, poussant des clameurs aiguës au fond du pot de fer qui lui cachait la face, et menaçant de son balai, comme un

vous avez-t-il...?: avez-vous...? □ **déjà:** précédemment □
l'Diable: Satan

causer: parler □ **conter:** raconter

agonisant(s): qqn qui est à l'agonie, en train de mourir
balai: objet pour nettoyer les saletés à terre □ **marmite:** grand pot pour faire la soupe

ému(e): troublé □ **enfin:** finalement □ **remuait:** agitait
essayait: s'efforçait, tentait □ **au fond:** de l'autre côté

armoire, f.: meuble avec des portes pour ranger le linge
pied(s): (ici) support □ **court(s)** ≠ long
corne(s), f.: protubérance sur la tête de certains animaux
seau: récipient pour transporter de l'eau
fer-blanc: produit métallique □ **jeta:** envoya

heurtant: tapant □ **fracas:** énorme bruit
grimpé(e): monté □ **souleva:** leva un peu
pendait: était suspendu □ **bout:** extrémité
poussant: émettant □ **aigu(ës):** violent
cachait: dissimulait

diable de guignol, la vieille paysanne à bout de vie.

Éperdue, le regard fou, la mourante fit un effort surhumain pour se soulever et s'enfuir ; elle sortit même de sa couche ses épaules et sa poitrine ; puis elle retomba avec un grand soupir. C'était fini.

Et la Rapet, tranquillement, remit en place tous les objets, le balai au coin de l'armoire, le drap dedans, la marmite sur le foyer, le seau sur la planche et la chaise contre le mur. Puis, avec les gestes professionnels, elle ferma les yeux énormes de la morte, posa sur le lit une assiette, versa dedans l'eau du bénitier, y trempa le buis cloué sur la commode et, s'agenouillant, se mit à réciter avec ferveur les prières des trépassés qu'elle savait par cœur, par métier.

Et quand Honoré rentra, le soir venu, il la trouva priant, et il calcula tout de suite qu'elle gagnait encore vingt sous sur lui, car elle n'avait passé que trois jours et une nuit, ce qui faisait en tout cinq francs, au lieu de six qu'il lui devait.

guignol, m. : théâtre de marionnettes
éperdu(e) : hagard □ **fou** : halluciné
s'enfuir : partir vite et loin
couche : lit
soupir : respiration forte et prolongée

foyer : le feu dans la cheminée □ **planche** : pièce de bois plate

posa : plaça
versa : fit couler □ **bénitier** : bassin d'eau consacrée □ **trempa** : plongea □ **buis** : plante rituelle □ **cloué** : fixé □ **commode** : meuble □ **s'agenouillant** < genou(x) □ **trépassé(s)** : mort
par cœur : de mémoire □ **métier** : profession

gagnait : faisait un profit de

Grammaire au fil des nouvelles

Remplissez les blancs avec le mot ou la forme grammaticale qui se trouve dans le texte (le premier chiffre renvoie à la page, le second à la ligne):

Je vous laisserai crever comme un chien, quand vous ... malade à votre tour (être, 174. 1).

Je veux qu'elle ... ici dans une heure (être, 174. 11).

Elle ne parlait jamais que des gens qu'elle ... mourir, de toutes les variétés de trépas ... elle avait assisté (voir, prép. + pron. rel, 176. 3).

La vieille femme retira ses mains de l'eau, ... les gouttes lui glissaient jusqu'au bout des doigts (pron. rel., 176. 22).

Les vaches poussaient un faible ... vers ces deux gens qui passaient (cri de la vache, 180. 2).

Ses mains sur la couverture étaient affreusement ..., ..., ... à des bêtes ..., à des crabes, et ... par les rhumatismes, les fatigues, les besognes presque ... qu'elles avaient ... (accords d'adj. et de part. passé: maigre, noué, pareil, étrange, fermé, séculaire, accompli, 180. 11).

Il s'en alla vers son blé couché sur le sol, sous le lourd soleil qui ... les moissons (fait arriver à maturité, 182. 5).

Des hommes demeuraient immobiles en attendant que le blanc vêtement ... derrière une ferme (disparaître, 182. 25).

La Rapet commença à considérer la mourante, en se demandant si cela ... longtemps (durer, 184. 18).

Une épouvante étreignit son cœur d'avare, tandis qu'une colère furieuse la ... contre ce finaud qui l'avait jouée (soulever, 186. 18).

Quelques minutes avant qu'on ..., le Diable apparaissait, disait-elle, à tous les agonisants (expirer, 188. 10).

Elle saisit de la main gauche un seau de fer-blanc, qu'elle jeta en l'air pour qu'il ... avec bruit (retomber, 188. 25).

Vocabulary

The following are over 2,000 words found in the stories with their meaning in the context. Certain words will not be found in this list, namely:

— Items of basic vocabulary, e.g. *père, mère... lundi, mardi... un, deux, trois...*
— Words common to both English and French, e.g. *combat, galoper, incessant.* (Words easily confused, in particular the well-known "faux-amis", are, of course, included in the list.)
— Words whose meaning can be readily deduced from closely related words, e.g. *baiser, m.*, from *baiser* to kiss, or *froid, m.* from *froid,* cold...
— Rare expressions or words thoroughly explained in the notes accompanying the text, e.g. *le quartier Latin, un(e) Méridional(e), la relevée.*

— A —

abeille, f. bee
abîme, m. abyss
(d')abord at first
abri, m. shelter
abruti dazed
accabler to overwhelm, afflict
accessoire, m. property (theatre)
accord, m. agreement
accoucher to give birth
accoupler to pair
accourir to come running
acerbe harsh
acharné obstinate, intense
acier, m. steel
acquis established
actionner to operate
aéré exposed to gusts of wind
affaiblir to weaken
affoler to disturb greatly, madden
affreux frightful
affronter to face, brave
afin de in order to
s'agenouiller to kneel down
agir to act
s'agiter to move about, fidget
agonie, f. pangs of death
agonisant dying (person)
aigu, aiguë sharp, pointed
aiguille, f. needle
aiguiser to sharpen

aile, f. wing; sail
(d')ailleurs besides
aimer to like, love
aimer mieux to prefer, like better
aîné elder, eldest
ainsi que as well as
avoir l'air (de) to look like
aisément easily
ajouter to add
ajusté fitted
aligner to even into a straight line
allée, f. avenue
aller, il va, il ira... to go, he goes, he will go...
(s'en) aller to go away
alliage, m. alloy
(s')allonger to stretch out
allumer to light
allumette, f. match
alors so, then, (at) that time
alourdir to burden
amant, m., amante, f. lover
âme, f. soul
amener to bring (sb.)
amer, amère bitter
amertume, f. bitterness
ameublement, m. furnishings
ami, m., amie, f. friend
amical friendly
amour, m. love
amoureux in love; sexual
ampleur, f. breadth
s'amuser to enjoy oneself
an, m., année, f. year
ancre, f. anchor
âne, m., ânesse, f. ass, (she-)donkey

angoisse, f. anxiety
anguleux angular
annonce, f. advertisement
apaiser to calm
apercevoir (apercevant, aperçu) to catch sight of
apitoiement, m. pity
(d')apparat ceremonial, special
appartenir to belong
appeler to call
(s')appeler to be called
appliquer to apply
apporter to bring (sth.)
apprendre to learn
(s')approcher to draw near
appuyer to lean, press
âprement sharply
après after
après-midi, m., f. afternoon
arbre, m. tree
arçon, m. saddle bow
argent, m. silver; money
armoire, f. cupboard
arracher to tear out, wrest
arranger to arrange, settle
arrêter (qqn) to arrest
arrière rear, back, hind
arriver to arrive, happen
arrondir to curve
artichaut, m. artichoke
artilleur, m. artilleryman
s'asseoir (s'asseyant, s'étant assis) to sit down
assis fixed
assistance, f. company
assister (à qqch.) to witness

assoupissement, m. slumber
assurance, f. confidence
atelier, m. studio
atteindre (atteignant, atteint) to reach
attendre to wait for
attendri touched
attendrissant moving
attendrissement, m. compassion
attente, f. expectation, waiting
attirer to attract
attraper to catch
attraper mal to catch cold
attrister to sadden
aucun any, none
au-dessus above
aujourd'hui to-day
auprès (de) near, close (to)
aurore, f. dawn
aussi also, too
aussitôt directly
aussitôt que as soon as
autant as much, as many
auteur, m. author
autour (de) around
autre other
autrefois formerly
autrement otherwise; anyway
autruche, f. ostrich
autrui other people
avaler to swallow
(s')avancer to go forward
avant before
en avant forward
avare miserly
avenir, m. future
aveu, m. confession
aveuglant blinding
aveuglement, m. delusion
avis, m. opinion
avocat, m. barrister
avouer to confess

— B —

badiner to joke, trifle
bagne, m. convict-prison
bague, f. ring
baie, f. bay
bâillonner to gag
bain, m. bath, dip in the sea
bains, m. pl. bathing place
baiser, m. kiss
baisser to lower; decline
(se) baisser to bend down
balai, m. broom
(se) balancer to sway
balbutier to stammer
balle, f. bullet
ballottant swaying
station balnéaire watering place
banaliser to make commonplace
banc, m. bench
bandeau, m. band, bandage
baquet, m. tub
barbe, f. beard
barbouillé daubed, spattered
barrer to bar, obstruct
barrette, f. biretta
bas, m. lower part
bas, m. stocking
bas, basse low

bateau, m. boat
bâtir to build
bâton, m. stick
porte à double battant double door
battre to beat, tap, sound
se battre to fight
bavarder to chatter
beaucoup very much
bécasse, f. woodcock
bêche, f. spade
bedaine, f. paunch
belle-sœur, f. sister-in-law
bénéficier de to enjoy
bénin, bénigne mild
bénir to bless
bénitier, m. holy water stoup
berge, f. bank
berger, m., bergère, f. shepherd, shepherdess
bergère, f. wing chair
besogne, f. labour
besoin, m. need
bête, f. beast
bête stupid
se bichonner to spruce oneself up
bientôt soon
bienveillant knowing, kindly-disposed
bière, f. beer
bière, f. bier (coffin)
bijou, m. jewel
bilan de santé health report
blanc-bec, m. callow youth
blancheur, f. whiteness
blanchir à la chaux to whitewash
blé, m. wheat

blesser to wound
blessure, f. wound
bleuâtre bluish
bock, m. small glass of beer
boire (buvant, bu) to drink
bois, m. wood
boisson, f. drink
boiter to limp
bol, m. bowl
bondir to jump
bonheur, m. happiness
bonhomme, m. fellow
bonne, f. maid
bord, m. edge, brim
bordé bordered
bosquet, m. grove
botte, f. truss, bundle
bouche, f. mouth
boucle, f. buckle, curl
bouclé curled
bouger to move
bougie, f. candle
bouillant boiling, fiery
boule, f. ball
bouleverser to upset, devastate
bouquet, m. bunch, tuft
bourdonner to hum, buzz
bourg, m. small market town
bourreau, m. executioner
bourrelet, m. roll, fold
bourrique, f. she-ass
bourse, f. purse
bousculade, f. jostling
bout, m. end; piece
bouteille, f. bottle
bouton, m. button
braillard noisy, vociferous
brailler to bawl out

brandir to brandish
bras, m. arm
brave (avant le nom) good-natured
Bretagne Brittany
briller to shine
brise, f. breeze
(se) briser to break
broyer to bruise
bruit, m. noise
brûler to burn
brûlure, f. burning
brun, m., brune, f. dark-haired
bruni tanned
brusquement all of a sudden
bruyant noisy
buée, f. vapour
buis, m. (sprig of) boxwood

— C —

ça that, it
cache-cache hide and seek
(se) cacher to hide
cadeau, m. present
cadette, f. younger sister
cadre, m. frame, setting
campagne, f. country(side)
(se) camper to plant oneself
canapé, m. sofa
canne, f. walking stick
cap, m. cape, headland
car for
carafe, f. jug, decanter
carré square
carreau, m. tiled floor
carrière, f. career
cas, m. case
casque, m. helmet
(se) casser to break
causer (avec qqn) to talk
causerie, f. talk, chat
cavalier, m. escort
céder to yield
ceindre (ceignant, ceint) to gird, surround
ceinture, f. belt
célèbre famous
la Cène the Last Supper
censé supposed to
centaine, f. a hundred
centenaire, m. a man of a hundred
cependant yet, nevertheless
cercueil, m. coffin
certainement, certes certainly
(sans) cesse incessantly
cesser to cease
chagrin, m. sorrow, grief
chair, f. flesh
chaise, f. chair
châle, m. shawl
chaleur, f. heat
chambre à coucher, f. bedroom
champ, m. field
chance, f. luck
chandelle, f. candle
chanson, f. song
chanter to sing
chapeau, m. hat
chaque each
charger to load

charger qqn de to entrust sb. with
se charger de to take charge, care of
charmille, f. bower
chasseur, m. hunter
chat, m. cat
château, m. castle
châtier to chastise
chatouilleux touchy, hard to please
chaud hot
chaufferette, f. foot-warmer
chaume, m. thatch
chaumière, f. thatched cottage
chaussée, f. roadway
chaussure, f. shoe
chaux, f. lime
chemin, m. path, way
chemin de fer railway
cheminée, f. mantle-shelf
chemise, f. shirt
chercher to search for, fetch
chercher à to endeavour to
cheval, m. horse
à cheval astride
cheveu(x), m. hair
chez at the home of
chien, chienne dog, bitch
chien, m. cock (of a pistol)
choc, m. shock
enfant de chœur altar boy
choisir to choose
choquer to bump
chose, f. thing
chuchoter to whisper
ciel, m. sky
ciseaux de jardinier shears
citoyen, m. citizen
civil, m. civilian
clair clear, light
clair de lune, m. moonlight
clapotement, m. lapping (of water)
clef, f. key
cligner de l'œil to wink
clignoter to blink
cloche, f. bell
clocher, m. bell-tower
clochette, f. hand-bell
cloison, f. partition
clouer to nail
cœur, m. heart
de bon cœur soundly
coiffé capped
se coiffer de to put on one's head
coiffure, f. head-dress, hat
coin, m. corner
col, m. collar
colère, f. anger
coller to stick
collerette, f. collarette, collar
colline, f. hill
colon, m. settler
colonne, f. column
comme as, like
comme il faut proper
comment how
commerçant, m. tradesman
commettre (commettant, commis) to commit
commode, f. chest of drawers
commune, f. village, parish
communier to take communion

compagne, f. companion, wife
compassé formal
complice, m., f. accomplice
comportement, m. behaviour
se comporter to behave
comprendre to understand
tout compris all included
concluant decisive
concours, m. competition
concours, m. assistance
conduire to drive, conduct, take
confiance, f. confidence
confier to entrust
congé, m. leave
connaître (connaissant, connu) to know
conscient conscious
conseil, m. piece of advice
conseil de guerre council of war
consentir to consent
considéré esteemed
constater to see for oneself
conte, m. story
contenir to contain
contenu, m. contents
conter to tell
contestataire anti-establishment
contourner to go around
contraindre (contraignant, contraint) to compel
contre against
contrepartie, f. mitigation
convenir to be convenient, fit
convenir que to acknowledge
convive, m. guest
convoi, m. procession
corbillard, m. hearse
corde, f. rope, cord
corne, f. horn
cornu horned
côte, f. coast; slope (of hill)
côte à côte side by side
côté, m. side
cou, m. neck
couard coward
couche, f. layer
couche, f. bed
se coucher to lie down; set
coudre (cousant, cousu) to sew
coup, m. stroke (normal action of sth.)
coup de fusil a shot; hunting exploit
tout à coup suddenly
coupable, m., f. the accused
couper to cut
couplet, m. verse
cour, f. (court)yard
faire la cour to court
courant, m. current
courber to bend (over), curve
courir (courant, couru) to run; gad about
couronne, f. crown
cours, m. walk, open space
en cours current
course, f. course, walk, run
court short
couteau, m. knife
coûte que coûte at any cost

coûter to cost
coutume, f. habit, custom
couture, f. sewing
couturière, f. needle-woman
couverts, m. pl. knives and forks
couverture, f. blanket
couvrir (couvrant, couvert) to cover
craindre (craignant, craint) to fear
crainte, f. fear
craintif fearful
crâne, m. skull
craquement, m. crackling
cravate, f. tie
créer to create
crémeux creamy
crépitement, m. chirping
creux hollow
crever to break, split, pierce; die
criard noisy
crier to cry (out)
crique, f. creek
criquet de bois clicker (sort of rattle)
crisper to contract
crochu crooked, bent
croire (croyant, cru) to believe
croiser to cross
croître (croissant, crû) to grow
croix, f. cross
croûton, m. crusty end of loaf
croyance, f. belief
cueillir to pick
cuillère, f. spoon
cuir, m. leather
cuire (cuisant, cuit) to cook
cuisant sharp, violent
cuisine, f. kitchen
cuisinière, f. cook
culotte, f. knee-breeches
culotte à pont trousers with flap

— D —

danseur, m., danseuse, f. dancer
davantage more
dé à coudre, m. thimble
débarquement, m. landing
se débarrasser de to get rid of
se débattre to struggle
debout standing
décès, m. death, decease
déchirant heart-rending
déchirer to tear, rend
déconcerté disconcerted
décor, m. scenery
découpé cut out (sharply)
découvrir to discover, see
se découvrir to take off one's hat
décrire to describe
faire le dédaigneux to play hard to get
(en) dedans inside
se défaire de to get rid of
défenseur, m. defender
défilé, m. narrow pass
défiler to go past
défunt, m. deceased
dégager to exhale; clear

déguenillé ragged
déguiser to disguise
dehors outside
déjà already
déjeuner, m. lunch
délivrer to set free
demain to-morrow
demander to ask
se demander to wonder
démêler to discern
démesuré huge
démeubler to strip of furniture
demeure, f. dwelling
demeurer to stay, dwell
(à) demi half
démodé old-fashioned
demoiselle, f. unmarried woman
dent, f. tooth
dentelé jagged
dentelle, f. lace
dépasser to go beyond
dépêche, f. dispatch
en dépit de in spite of
déplacé misplaced
se déplacer to leave one's place
déposer to put down
depuis since, for
déréglé immoderate
dernier, dernière last
derrière behind
dès as early as
dès que as soon as
descendre to go down; lower
déséquilibré unbalanced
désespéré desperate
désespoir, m. despair
déshabiller to undress

désigner to denote
désœuvré idle
désolant distressing
désolé sorry
désordonné inordinate
à dessein intentionally
se dessiner to stand out
(en) dessous (de) underneath
(au-)dessus (de) above, on
détailler to go over minutely
déteindre (déteignant, déteint) to discolour
détente, f. pull-off (of trigger)
détoner to detonate
détonner to sing out of tune
détour, m. turning, winding
détourner to turn away
détruire to destroy
devant before, in front of
devenir to become
dévié twisted
deviner to guess
dévisager to stare at
devoir, m. duty
devoir (devant, dû) to have to; must, should
dévot devout
dévoué devoted
diable, m. devil
à la diable just anyhow
que diable ! confound it!
dieu, m. god
difficile difficult
diligence, f. stage-coach
dire (disant, dit) to say

se diriger vers to move off towards
discourir to discourse
discours, m. speech
discuter to discuss
disparaître (disparu) to disappear
disposition, f. arrangement
(air) distrait vacant look
dithyrambique enthusiastic
doigt, m. finger
donc therefore, so
donner to give
donner sur to look out onto
doré gilt, golden
dormir to sleep
dos, m. back
doucement gently, slowly
douceur, f. gentleness
douleur, f. pain
douter to doubt
doux, douce sweet, soft
drap, m. sheet
dresser to raise, set, lay
droit, m. right; law
droit straight, right
drôle strange, funny
durant during
durer to last

— E —

eau, f. water
ville d'eaux spa, watering place
ébène, f. ebony
ébriété, f. inebriety
(se tenir) à l'écart (to stand) aloof
s'écarter to step aside
échelonnement, m. stretch
éclairer to light
éclat, m. brightness
éclatant bright, brilliant
éclater to burst (out)
éclosion, f. appearance
école, f. school
économe economical
écoulement, m. flowing
s'écouler to pass (away)
écouter to listen to
écraser to crush
écrire (écrivant, écrit) to write
écrivain, m. writer
écume, f. foam
édifier to erect
effaré scared
en effet indeed, really
effronté shameless, bold
effroyable frightful
égal equal
c'est égal it's all the same
également likewise
s'égarer to err
égayé amused
église, f. church
s'égosiller to shout, sing with all one's might
élan, m. spring, impetus
prendre son élan to surge forward
s'élancer to rush, spring
élevé lofty
élever to raise, bring up
s'élever to rise
éloge, m. eulogy, praise
éloigner to move off

embaumer to embalm
embraser to inflame
embrassade, f. embrace
embrasser to kiss
s'embrouiller to get confused
émerveillé amazed
emmener to lead away
émouvant moving
s'emparer de to take possession of
empêcher to prevent
s'empêcher de to help (+ gerund)
emplir to fill
empoigner to lay hold of
empoisonner to poison
emporté carried away, runaway
emporter to carry off
s'empresser de to hasten to
ému affected
enceinte, f. enclosure
enceinte pregnant
encre, f. ink
endroit, m. place
énervement, m. enervation
enfant, m., f. child
enfer, m. hell
enfermer to enclose
enfiévrer to make feverish
enfin at last
enfoncé with (water) up to
s'enfoncer to sink
enfouir to bury in the ground
s'enfuir to flee
engager à to urge
s'engager dans to go into
engloutir to engulf
engourdi sluggish

enivré intoxicated
enjamber to stride, leap over
enlacement, m. enclasping
enlever to take off, lift
ennui, m. trouble
enseignement, m. lesson
enseigner to teach
ensemble together
ensuite afterwards
entendre to hear, understand
s'entendre to get on with one another
bien entendu of course
enterrer to bury
entier, entière whole
entonner to begin to sing
entourer to surround
entraîner to hurry along
entr'apercevoir to glimpse faintly
entre between
entrée, f. entrance
entrer (dans) to come, go in
entretenir to maintain
s'entretenir de to converse about
entrouvert half-open
envahir to invade
envie, f. desire, longing, urge
environ about
environs, m. pl. surroundings, neighbourhood
envoyer to send
épais, épaisse thick
s'épanouir to blossom out
épargne, f. saving(s), thrift
épars dispersed, sparse

épaule, f. shoulder
éperdu distracted
éperdument madly
épicier, m. grocer
épingle, f. pin
épouser to marry
épouvantable dreadful
épouvanter to terrify
époux, m. spouse, husband
époux, m. pl. couple
éprouver to experience
épuisé exhausted
errer to wander
erreur, f. mistake
escalier, m. staircase
escarpé steep
espacer to space out
Espagne Spain
espagnol Spanish
espèce, f. kind
espérer to hope
espoir, m. hope
esprit, m. spirit, mind
esquisser to half-make
essayer to try
essuyer to wipe
estrade, f. platform
estropier to cripple
étable, f. cattle-house
étage, m. floor, storey
étaler to display
étape, f. stage
état, m. state
état-major, m. staff
étendre to stretch out
s'étendre to spread; lie down
étendue, f. expanse
étincelle, f. spark
étoffe, f. cloth

étoile, f. star
étole, f. stole
étonner to astonish
s'étonner (de) to be astonished (at)
étouffant sweltering
étouffement, m. loss of breath
étouffer to choke
étrange strange
être, m. being
étreindre (étreignant, étreint) to take hold of
étreinte, f. hug, clasp
étroit narrow
étudier to study
éveiller to awake
événement, m. event
éventé fanned
évidemment obviously
éviter to avoid
expédier to dispatch
expliquer to explain

— F —

fabrique, f. factory
en face de opposite
faire face à to face
se fâcher to get angry
façon, f. way
factice factitious, not genuine
factionnaire, m. sentinel
faillir (+ infin.) to very nearly (+ verb)
faim, f. hunger
faire to do, make
fait, m. fact, deed
falloir (il faut, fallu) to be

obliged to (must, should)
falot wan
fangeux miry
fantôme, m. phantom, ghost
farceur facetious
faute, f. fault, mistake
fauteuil, m. armchair
fauve frank, wild
faux, fausse false, wrong
feindre (feignant, feint) to pretend
fendre (fendant, fendu) to split
fenêtre, f. window
fer, m. (smoothing) iron
fer-blanc, m. tin-plate
ferme, f. farm
fermer to shut, close
fermeture, f. closing
fermier, m. farmer
festin, m. feast(ing)
feu, m. fire
feuillage, m. foliage
feuille, f. leaf
fiacre, m. hackney-coach
ficeler to tie
ficelle, f. string
fier, fière proud
fierté, f. pride
figure, f. face, figure
fil, m. thread
fille mère, f. unmarried mother
fillette, f. little girl
fin, fine slender; shrewd
finaud sly
finir to finish
fixe fixed, steady
fixer to fix; stare at

se fixer to settle down
flamber to blaze
flétrir to stigmatize
fleur, f. flower
conter fleurette to murmur sweet nothings, flirt
fleurir (florissant) to flourish
flots, m. pl. waves
entrer à flots to pour in
flotter to float
foi, f. faith
ma foi ! I declare!
foie, m. liver
foin, m. hay
foisonner to abound
fonctionnaire, m. civil servant
fond, m. depth(s), further end
fonder sur to base on
forçat, m. convict
force, f. strength
à force de (+ infin.) through constantly (+ gerund)
à forfait at a fixed price
fort, forte strong
fort very, highly
fosse, f. grave
fossé, m. ditch
fou, folle mad
fouiller to search
foulard, m. kerchief
foule, f. crowd
fourchette, f. fork
fournir to provide
foyer, m. hearth
fracas, m. din
frais, m. pl. expenses

faire les frais de to bear the brunt of
frais, fraîche fresh
fraisier, m. strawberry plant
franchir to go through
frapper to strike
frayeur, f. dread
frémissant shuddering
frénésie, f. frenzy
friser to curl
frisson, m. shiver
froissé crumpled
front, m. forehead
frotter to rub
fuir to flee
fuite, f. flight
fumée, f. smoke, steam
fumer to smoke
funèbre funereal
fusil, m. rifle
fusiller to execute, shoot

— G —

gages, m. pl. wages
gagner to earn; win
gagner (un lieu) to reach
galon, m. stripe (military)
gambader to frisk (about)
gamin, m. youngster
garantir to guarantee
garçon, m. boy
vieux garçon, m. bachelor
garde, f. keeping, watch
garde-malade, m., f. attendant
garder to guard, keep, watch
garder à vue to keep a close watch on
se garder de to beware of
prendre garde to look out, mind
gare, f. station
garnir to fill
gâter to spoil
gauche left; clumsy
gaudriole, f. coarse joke
gémir to moan
gendarme, m. sort of policeman
gêne, f. uneasiness
gêner to embarrass
genou, m. knee
genre, m. kind
gens, m. pl. people
gentil, gentille kind, nice
gentille comme un cœur pretty as a picture
germer to spring up
geste, m. gesture
glisser to slide, slip
goguenard jovial
gonfler to swell
gorge, f. throat, bosom
gosse, m., f. kid
goût, m. taste
goutte, f. drop
gouvernante, f. governess
grabat, m. sick-bed
graine, f. seed; type
grande personne, f. adult
grandir to grow (up)
gras, grasse stout; deep; coarse
grave serious
graver to engrave
gravure, f. engraving
gredin, m. rascal

grêle spindly
grenier, m. loft
grimper to climb
grincement, m. grating
gris grey
gris, grisé tipsy
grondement, m. rumbling
grosse pregnant
grossesse, f. pregnancy
grossier coarse
grossissant magnifying
guenille, f. rag
(ne...) guère scarcely
guéridon, m. round table
guérir to heal
guerre, f. war
guetter to watch keenly
gueule, f. mouth (of animal)
guide, m. guide-book
guignol, m. puppet-show
en guise de by way of, as

hanter to haunt
hardes, f. pl. clothes
hâte, f. haste
hâter to hasten
se hausser to raise oneself
haut, m. top
haut high
herbe, f. grass
hérissé bristling
heure, f. hour
heurt, m. knock
heurter to hit
hier yesterday
hocher to nod
honte, f. shame
horloge, f. clock
hors de besides
hostie, f. host
houle, f. surging
huile, f. oil
humeur, f. mood
hurler to yell

— H —

habile skilful
habiller to dress
habit, m. dress coat
habiter to inhabit, live (in)
habitude, f. habit
s'habituer to be used to
hache, f. axe
hache d'abordage pole-axe
hachette, f. hatchet
haie, f. hedge
haine, f. hatred
haleine, f. breath
haleter to pant
hameau, m. hamlet
hanche, f. hip

— I —

ici here
par ici over here
île, f. island
illisible illegible
image, f. picture
imbuvable undrinkable
impatienté grown impatient
peu importe never mind
imprenable unattainable
impudeur, f. wantonness
impuissance, f. helplessness
inapaisable unappeasable
inattendu unexpected

incendie, m. fire
incertitude, f. uncertainty
inclinaison, f. bow
(s')incliner to bow, bend
inclus included
inconnu unknown
inconvenant improper
s'incurver to curve
indice, m. indication, clue
indicible unspeakable
indienne, f. printed cotton
inégal uneven
infidèle unfaithful
infortune, f. misfortune
inguérissable incurable
innommable unspeakable
inondation, f. flood
inoubliable unforgettable
inquiet worried
s'inquiéter to worry
insaisissable fleeting
insensé insane
insigne, m. badge, mark
(s')installer to settle (down)
instantané, m. flash
instituteur, m. primary schoolteacher
instruire to inform
instruit educated
à l'insu de unknown to
interdit taken aback
introduire to introduce, compel to put on
invraisemblable hard to believe
ivresse, f. drunkenness
ivrogne, m. drunkard

— **J** —

jadis formerly, in the past
(ne...) jamais (n)ever
jambe, f. leg
jardin, m. garden
jardinier, m. gardener
jeter to throw (away)
jeune young
jeunesse, f. youth
jointure, f. joint
joli pretty
joue, f. cheek
jouer to play
jouet, m. toy
jouir de to enjoy
jouissance, f. pleasure
jour, m., journée, f. day
journal, m. newspaper
juger to judge
jupe, f. skirt, gown
juré, m. juror
jurer to swear
juron, m. swear-word
jusqu'à, jusque as far as, until
justement, au juste exactly

— **L** —

là there
là-bas over there
lâche cowardly
lâcher to release, let go
là-dessus on there; thereupon
là-haut up there
laid ugly
laisser to let, leave
lait, m. milk

laiteux milky
lame, f. blade
lancer to let out
larme, f. tear
las, lasse weary
laver to wash
léger, légère light, slight
légume, m. vegetable
lendemain, m. next day
lent slow
jour levant daybreak
levée, f. removal
se lever to stand up
lèvre, f. lip
libre free
lien, m. tie, bond
lier to bind, attach
se lier avec qqn to form a relationship with sb.
lierre, m. ivy
lieu, m. place
avoir lieu to take place
tenir lieu de to do instead of
lieue, f. league
ligne, f. line
linge, m. linen
lingerie, f. linen-room
lire (lisant, lu) to read
lisière, f. edge
lit, m. bed
littoral, m. sea-coast
livrer to deliver, hand over
logis, m. dwelling, home
loi, f. law
loin de far from
au loin far away
le long de along
longer to run along
longtemps a long while
lorsque when

louange, f. praise
louer to praise
louer to hire (out)
lourd heavy
lucarne, f. garret window
luisant gleaming
lumière, f. light
lune, f. moon
lunettes, f. pl. spectacles, glasses
lutte, f. struggle

— M —

mademoiselle, f. miss
magasin, m. shop
maigre thin
main, f. hand
maintenant now
mairie, f. town hall (registry office)
maison, f. house
maître, m. master
maîtresse, f. mistress
mal, m. evil, complaint
malade ill
maladie, f. illness
maladroit clumsy
malaise, m. uneasiness; affection
malfaisant mischievous, harmful
malgré in spite of
malheur, m. misfortune
malheureux, m. unfortunate person
malin, maligne cunning
malsain unhealthy
Manche, f. the Channel
mander to send for

manger to eat
manière, f. manner
manque, m. lack
manquer to be wanting
mansarde, f. attic
mansuétude, f. mildness
manteau, m. coat; mantelpiece
marchand, m. merchant
marche, f. walking, progress, march
marche, f. step
marcher to walk
marcher à cloche-pied to hop
marée, f. tide
mari, m. husband
marmite, f. cooking pot
massif, m. clump (of trees)
matériau, m. material
matière, f. matter, substance
matin, m., matinée, f. morning
maudire (maudissant, maudit) to curse
Mauricaud blackamoor
mauvais bad
mécanicien, m. mechanic
mécanique, f. mechanism
méchant wicked
mécontent displeased
médaille, f. medal
médecin, m. physician, doctor
mélange, m. mixture
(se) mêler à to mingle with
même even
-même -self
le même the same
menacer to threaten

ménage, m. married couple
mener to lead
mener la vie to live it up
mentir to lie
menton, m. chin
menuet, m. minuet
mer, f. sea
métier, m. profession
mettre (mettant, mis) to put
se mettre à to start
meuble, m. piece of furniture
meubler to furnish, fill
meuglement, m. lowing
meurtre, m. murder
mi- half-, mid-
midi, m. noon
miel, m. honey
mieux better
tant mieux all the better
milieu, m. middle
mince slim
mine, f. look
minuscule tiny
mioche, m., f. kid
se mirer to be reflected
mise, f. placing
misérable, m. wretch
mitraille, f. volley
mode, m. mode
mode, f. fashion
modelé shaped
moelleux soft
mœurs, f. pl. manners
le moindre the least, smallest
moins less
au moins at least
à moins que unless

mois, m. month
moisson, f. harvest
moitié, f. half
momie, f. mummy
monde, m. world, people
mont, m., montagne, f. mountain
monter to go up
montrer to show
montueux mountainous
morbleu! Good Heavens!
morceau, m. piece, bit
morsure, f. bite
mort, f. death
mort dead
mot, m. word
mouche, f. fly
se moucher to blow one's nose
moudre (moulant, moulu) to grind
mouillé wet, saturated
mouiller to wet
moulin, m. mill
mourant, m. a dying person
mourir to die
mouton, m. sheep
moyen, m. means
moyennant in return for
muet, muette dumb; noiseless
mur, m. wall
muraille, f. thick wall
mûrir (mûrissant, mûri) to ripen
museler to muzzle

— N —

nager to swim
naître (naissant, né) to be born
narrer to narrate, tell
navire, m. ship
navrant heart-breaking
ne... que only
néanmoins nevertheless
nègre, m. negro
neige, f. snow
net, nette clear
nettoyer to clean
nez, m. nose
noce, f. wedding
noisette, f. hazelnut
nom, m. name
nombreux numerous
nonobstant notwithstanding
noué bent, stiff jointed
nourriture, f. food
nouveau, nouvelle new
de nouveau again
nouveautés, f. pl. fancy articles
nouvelle, f. short story
noyer to drown
nu bare, naked
nuage, m. cloud
nuée, f. vapour
nuit, f. night

— O —

obséder to obsess
occupé busy
s'occuper de to see to
œil, m. eye

211

œuf, m. egg
œuvre, f. work
oiseau, m. bird
ombrageux sensitive, suspicious
ombre, f. shade, shadow
omettre (omettant, omis) to omit
onde, f. wave(s), billow(s)
onduler to wave
onduleux undulating
or now, but
or, m. gold
orage, m. storm
oreille, f. ear
oreiller, m. pillow
orgueil, m. pride
orphéon, m. choral society
os, m. bone
oser to dare
osseux bony
ôter to remove
oubli, m. oblivion
oublier to forget
dire ouf! to draw a breath
outil, m. tool
en outre besides
ouverture, f. opening
ouvrage, m. task, piece of work
ouvrier, m. workman
(s')ouvrir (ouvrant, ouvert) to open

— P —

paille, f. straw
pain, m. bread
paisible peaceful
paix, f. peace
palper to feel
pan, m. section
pantalon, m. trousers
pantin, m. puppet
papier, m. paper
paquet, m. bundle
paraître (paraissant, paru) to appear
paravent, m. screen
parbleu!, pardi! Good Lord!
pareil, pareille similar, such
paresse, f. laziness
parfois sometimes
parlementer to discuss matters
parler to talk
paroisse, f. parish
parole, f. word
prendre la parole to (begin to) speak
parquet, m. (wooden) floor
part, f. share
à part aside
partager to share, divide
particulier private
partie, f. part
partir to leave
à partir de from
partout everywhere
parvenir à to reach, succeed
pas, m. footstep, pace; gait
passant, m. passer-by
passé, m. past
passer to pass, spend (time)
passer to put around
se passer to happen

patrouille, f. patrol
patte, f. paw, foot
paupière, f. eyelid
pauvre poor
pavé, m. paving-stone
pays, m. country
paysagiste, m. landscape-painter
paysan, m. peasant
peau, f. skin
péché, m. sin
peindre (peignant, peint) to paint
peine, f. pain
à peine scarcely
peintre, m. painter
peloton, m. unit, platoon
pencher to lean
pendant during
pendre (pendant, pendu) to hang
pendule, f. ornamental clock
pensée, f. thought
penser to think
libre penseur free thinker
pente, f. slope
pépinière, f. nursery garden
percer to be apparent
perdre (perdant, perdu) to lose; ruin
périple, m. journey, trip
permettre to allow
perquisition, f. search
personnage, m. character
ne... personne nobody
perte, f. loss
peser to weigh
pétrir to knead
peu, m. bit

peu de few, little
à peu près nearly
peur, f. fear
peut-être perhaps
phrase, f. sentence
pièce, f. room
pied, m. foot, leg
pierre, f. stone
pin, m. pine
pincement au cœur lump in one's throat
piquer to prick
piqûre, f. stab
pis worse
tant pis never mind, all the worse
pistolet d'arçon, m. horse-pistol(s)
placard, m. cupboard
plage, f. beach
plaindre (plaignant, plaint) to pity
se plaindre to complain
plaire (plaisant, plu) to please, be to one's liking
plaisanter (sur) to joke, trifle (with)
plaisanterie, f. joke
planche, f. board
plat flat
plat, m. dish
plate-bande, f. flower-bed
plein full
pleurer to weep
pleur(s), m. weeping, tears
pleuvoir à verse to pour with rain
pli, m. fold
plier to fold, bend
plonger to plunge, dip

pluie, f. rain
plume, f. feather
plusieurs several
plutôt rather
poil, m. hair; nap
à longs poils long-napped
poilu hairy
pointe, f. point, tip
pointer to appear
pointu sharp, pointed
poire, f. pear
poisson, m. fish
poitrine, f. chest, breast
pomme, f. apple
pommeau, m. knob
pondre to lay (an egg)
pont, m. bridge
bien portant in good health
porte, f. door
porte cochère carriage-entrance
porte-monnaie, m. purse
porter to carry
se porter bien to be in good health
porteur, porteuse bearer
bien posé of standing
poser to place, put
se poster to station oneself
potager, m. kitchen garden
poudre, f. (gun)powder
poulain, m. foal
poule, f. hen
pouls, m. pulse
poupée, f. doll
pourquoi why
pourri bad, rotten
poursuivre to pursue
pourtant however
pousser to push; grow
pousser un cri to utter a cry

pouvoir (pouvant, pu) to be able
pouvoir, m. power
prairie, f., **pré,** m. meadow
précédent, m. person in front
préjugé, m. prejudice
premier first
premier, m. first floor
prendre (prenant, pris) to take, have
en prendre son parti to resign oneself
prénom, m. Christian name
près (de) near
président, m. presiding judge
presque almost
pressentir to sense
presser to urge
se presser to (be in a) hurry
pression, f. pressure
prêt à ready for, to
prêtre, m. priest
preuve, f. proof
prévaloir to prevail
prévenir to inform, warn
prévoir to foresee
prier to pray, request
prière, f. prayer
privé de deprived of
se priver to deny, stint oneself
prix, m. price
procédé, m. process
procès, m. trial
proche close, near
procureur (de la république), m. (public) prosecutor

produit, m. product
profond deep
profondeur, f. depth
promenade, f. walk
(se) promener to (take a) walk
propre clean
propre à suitable for
propret neat
se prosterner to prostrate oneself
prouver to prove
provenir to come from
public, m. audience
publier to publish
pudeur, f. reserve
puis then
puisque since, as
puissance, f. power, ability
puissant powerful
puits, m. well
punir to punish
punition, f. punishment

— Q —

quai, m. quay; platform
quand when
quant à as for
quartier, m. district, quarter
quelconque nondescript
quelque some
quelque chose something
quelquefois sometimes
quelque part somewhere
quérir to fetch
quiconque anyone

— R —

rabat, m. flap, fold
raccommoder to mend
raconter to tell
rageur fuming
raide stiff; hard to believe
ramasser to pick up; assemble
ramener to bring back, out
rampe, f. banister
ramper to creep
rangée, f. row
rangement, m. storage
ranger to line up
se ranger to step aside; steady down
rapin, m. art student
se rappeler to remember
en rapport avec in keeping with
rapporter to relate
raser to shave
rasoir, m. razor
rassuré reassured
raté, m. failure
ravi enchanted, delighted
ravissant lovely
rayon, m. beam
rayon, m. department
recevoir (recevant, reçu) to receive
recherche, f. research
récipient, m. container
récit, m. account
réclame, f. advertisement
coins et recoins nooks and crannies
récolte, f. crop
reconduire to take back

reconnaître to recognize, look over
se recoucher to lie down again
recourbé curved
recueil, m. collection
recueilli reverent
reculer to draw back
se redresser to straighten up
réduire to reduce
réduit, m. poor lodging
refermer à double tour to double lock
réfléchir to ponder
reflet, m. reflection
refus, m. refusal
regard, m. look(ing), glance
regarder to look at
régler to settle
reine, f. queen
reins, m. pl. (pit of the) back
rejoindre to join
sans relâche without rest
relever to raise (again)
relever to pick up
se relever to stand up again
remettre (à qqn) to hand over
se remettre to recover
se remettre à to start again
remonter to pull up
remonter to go upstairs again
remplir to fill; perform
remuer to shake; move, rouse
rencontre, f. meeting
rencontrer to encounter
rendre (rendant, rendu) to give back
se rendre to go; abandon oneself
renfermer to conceal
renseignement, m. information
rentier, m. person of independent means
rentrer to bring in; go home
renverser to knock down
se renverser to sink back
renvoi, m. dismissal
renvoyer to dismiss
se renvoyer to exchange
répandre (répandant, répandu) to pour
reparaître to reappear
réparer to repair
repas, m. meal
repasser to iron
repasseuse, f. ironer, washerwoman
repêcher to recover (from water)
repli, m. fold
répliquer to retort, reply
répondre (répondant, répondu) to answer
répondre de to answer for
réponse, f. answer
(se) reposer to rest
reprendre to take again; take up
reprendre to resume (talk)
repriser to darn
à plusieurs reprises repeatedly
repu satiated

résoudre (résolvant, résolu) to decide
respirer to breathe
ressort, m. spring
ressortir to go, come out again
reste, m. remains
du reste moreover
rester to stay, remain
résumer to summarize
retenir to hold back
se retenir to control oneself
retentir to resound
retirer to take out
se retirer to leave
retomber to fall (back)
retourner to return; curve back
se retourner to turn round, over
se retracer to outline itself
retroussé fleshy, plump
retrouver to find
réunir to assemble
réussir to succeed
réveiller to awake
se réveiller to wake up
(s'en) revenir to come back
revenu, m. income
rêver to dream
révérence, f. bow
se revêtir to dress oneself
ricaner to titter
ridé wrinkled
rideau, m. curtain
ne... rien nothing, not anything
rigoler to laugh, have fun
rigoriste over-rigid
rire (riant, ri) to laugh

rire aux éclats to roar with laughter
rivage, m. shore
rivière, f. river
robe, f. dress
roc, m., roche, f., rocher, m. rock
roi, m. king
roman, m. novel
rond round
roquet, m. cur
rosier, m. rose-bush
roulement, m. roll, rolling
rouler to roll
se rouler to roll about, over
route, f. road
roux, rousse reddish
ruade, f. kick (of animal)
ruban, m. ribbon
rue, f. street
ruer to kick out (of animal)
ruisseau, m. water in gutter
rusé sly
rustre, m. rustic

— S —

sable, m. sand
sabot, m. clog
sac, m. bag
sa(c)quer to sack
sage wise
sage-femme, f. midwife
saigner to bleed
sain healthy
saisir to seize, understand, startle

sale dirty
salir to dirty
salle, f. room, hall
salle à manger dining-room
salon, m. waiting-room
saluer to nod, say good day
salut, m. bow, nod, wave
sang, m. blood
pur sang born and bred
sanglant blood-coloured
sangloter to sob
sans without
santé, f. health
sapin, m. fir-tree
satisfait satisfied
sauter to jump
sauterelle, f. grasshopper
sautiller to hop, skip
sauvage wild
sauver to save
se sauver to run away
savamment cleverly
savoir (sachant, su) to know
savoir, m. knowledge
scène, f. stage
scie, f. prank
séance, f. session
seau, m. bucket
sec, sèche dry
sécher to dry
secouer to shake
secours, m. help
au secours! help!
séculaire age-old
séducteur, m. seducer
sein, m. breast
séjour, m. stay
selon according to

semaine, f. week
semblable similar, like
faire semblant de to pretend
sembler to seem
semer to sow
senteur, f. scent
sentier, m. path
sentir to smell
(se) sentir to feel
serment, m. oath
serré tight, contracted
serré autour crowded around
serré dans (un vêtement) in a close-fitting (garment)
serrer to tighten, press
serrer la main to shake hands
serrure, f. lock
servir de to serve as
se servir de to use
seuil, m. threshold
seul alone
seulement only
sévir to rage
si if
si bien que so that
siècle, m. century
siège, m. seat
siffler to whistle
silex, m. flint
simagrée, f. grimace, affected manners
soigner to attend to
soin, m. care
soir, m., soirée, f. evening
sol, m. ground
soldat, m. soldier
soleil, m. sun

sombre dark
en somme in short
sommeil, m. sleep
sommeiller to doze
sommet, m. summit
son, m. sound
songer (à) to think (of), imagine
sonner to ring (out), sound
sort, m. fate
sortir to go, get out
sottise, f. folly
sou, m. penny
soudain suddenly
soudard, m. trooper
souffle, m. breath
souffler to pant
souffrance, f. suffering
souffrir to suffer
soufre, m. sulphur
ridicule à souhait perfectly ridiculous
souhaiter to wish
souiller to soil, defile
soulagement, m. relief
soulager to ease, relieve
soulèvement, m. surge
(se) soulever to raise, lift, rouse
soulier, m. shoe
souligner to underline
soupçonner to suspect
souper to have dinner
soupière, f. soup-tureen
soupir, m. sigh
sourcil, m. eyebrow
souricière, f. mouse-trap
sourire to smile
sournois dissembling
sous under

sous-officier, m. non-commissioned officer
soutenir to hold up
souvent often
subir (subissant, subi) to undergo
subit, subite sudden
sueur, f. sweat
suffire (suffisant, suffi) to be enough
de suite one after another
tout de suite at once
(se) suivre to follow
supplice, m. torment
supplier to beseech
supporter to endure
sur on, over
surhumain superhuman
surnom, m. nickname
surplis, m. surplice
surprendre (surprenant, surpris) to surprise
sursaut, m. start
surtout especially
suspendre (suspendant, suspendu) to suspend, hang

— T —

(couleur de) tabac snuff-coloured
tableau, m. picture
tablier, m. apron
tache, f. mark, stain
tâche, f. task
tacher to taint
tâcher de to endeavour
taille, f. waist, figure
tailler to clip

taillis, m. thicket
se taire (taisant, tu) to be silent, say nothing
tambour, m. drum
tandis que while, whereas
tant (de) so much, so many
tant que as long as
tante, f. aunt
tantôt a little later
tapé first rate
taper to slap, clap, tap
tapis, m. carpet
tard late
tarder to delay
un tas de a lot of
tâter to feel, take (pulse)
taupe, f. mole
taupinière, f. mole-hill
teint, m. complexion
teinter to colour
tellement to such a degree
téméraire reckless, bold
témoigner to testify
témoin, m. witness
temps, m. time, weather
tenailler to torment
tenant de akin to
tendre sentimental
tendre (tendant, tendu) to stretch, hold out
tendresse, f. tenderness
tenir (tenant, tenu) to hold
tenir à to value
ne plus y tenir to be unable to stand it any longer
se tenir to stand, remain
tentatrice temptress
tenter to tempt, attempt
tenue, f. costume
terre, f. earth, land
par terre on the ground

tête, f. head
têtu stubborn
tiédeur, f. warmth
tige, f. stalk
tir, m. shooting
tirer to draw
tirer de to take out of
tirer (sur) to shoot (at)
se tirer to drag oneself
tiroir, m. drawer
tissu, m. material, fabric
titre, m. title
titulaire, m. holder
toile, f. linen cloth; painting
toilette, f. attire
toit, m. roof
tomber sur to come across, find
laisser tomber to drop
ton, m. tone
tonneau, m. cask
tonnelier, m. cooper
tonnerre, m. thunder
se tordre to twist about
tort, m. wrong, offence
tortiller to twist
tôt soon, early
toucher à to be next to
touffe, f. tuft
touffu thick
toujours always
toupet, m. cheek, impudence
tour, m. turn
tour, f. tower
faire le tour to go round
(se) tourner to turn
tousser to cough
tout à fait altogether, quite

tout de même after all, nevertheless; more or less
toux, f. cough
traînée, f. whiff
traînée, f. whore
traîner to draw out, linger
trait, m. trait; streak
tranchant, m. cutting edge
transparaître to show through
trappe, f. trap
traumatisé traumatized
travail, m. work
travailler to work (on)
travaux forcés hard labour
à travers across
traverser to cross
se trémousser to frisk about
trempé hardened, tempered
(se) tremper to soak, dip, stand in water
trépas, m. death
trépassé, m. dead person
tressaillir to give a start
tribunal, m. court of justice
tribune, f. platform
trinquer to clink (glasses)
triste sad
tromper to deceive, be unfaithful to
se tromper to make a mistake
trompeur deceptive
trop (de) too much, too many
trotter menu to scurry
trou, m. hole
trousseau, m. layette
trouver to find
se trouver to be
tuer to kill
tutoyer to speak familiarly to (using "tu")

— U —

ustensile, m. utensil
utiliser to use

— V —

va! go!
vacances, f. pl. holidays
vache, f. cow
vague, f. wave
vainqueur, m. winner
vaisselle, f. washing-up
valet, m. man servant, farm-hand
valeur, f. value
valoir (il vaut) to be worth, equal to
végétal vegetable
veille, f. the day before
veiller (sur) to be careful (of)
velours, m. velvet
vendre (vendant, vendu) to sell
venir (je viendrai, je vins) to come
venir de (+ infin.) to have just (+ past part.)
vent, m. wind
ventre, m. abdomen, belly
ventru big-bellied

vérité, f. truth
verre, m. glass
vers towards
vers, m. line (poetry)
verser to shed, pour
vert vigourous
vestimentaire of clothing
vêtement, m. piece of clothing
vêtu de clad in
veuf, veuve widower, widow
veule weak
viande, f. meat
vibrer to vibrate
vide, m. void, empty space
vider to empty out
vie, f. life
vieillard, m. old man
vieille, f. old lady
vieillesse, f. old age
vierge virgin
vieux, vieil, vieille old
vif, vive lively
villageois, m. villager
ville, f. town
vin, m. wine
viol, m. rape
virer à to turn to
visage, m. face
viser to aim
vite fast, quickly
vivant alive
vivant, m. lifetime
vivement briskly
vivre (vivant, vécu) to live

voici here (is)
voilà there (is)
voile, m. veil
voile, f. sail
voile latine lateen sail
voir (voyant, vu) to see
voisin, m. neighbour
voiture, f. vehicle
voix, f. voice
voler to fly
voler to steal
voleur, m. thief
volonté, f. will
volontiers readily
voltiger to hover
vouloir to want
en vouloir à qqn to be angry with sb.
voûte, f. arch
voyageur, m. traveller
voyelle, f. vowel
voyou, m. street urchin
vrai true
vraiment truly
vue, f. sight
vu que seeing that

— Y —

yeux, m. eyes

— Z —

zélé zealous

Composition réalisée par COMPOFAC - PARIS

IMPRIMÉ EN FRANCE PAR BRODARD ET TAUPIN
Usine de La Flèche (Sarthe).
LIBRAIRIE GÉNÉRALE FRANÇAISE - 6, rue Pierre-Sarrazin - 75006 Paris.
ISBN : 2 - 253 - 05684 - 7

30/8645/1